SAGA
# TRÊS LUAS
## LIVRO 2 - LUA BRANCA

Copyright © Fred Oliveira, 2018
Copyright © Editora Planeta do Brasil, 2018

Todos os direitos reservados.

*Preparação:* Luiza Del Monaco
*Revisão:* Renata Lopes Del Nero e Mariane Genaro
*Projeto gráfico:* Jussara Fino
*Diagramação:* Vivian Oliveira
*Ilustrações de capa e miolo:* Arthur Pandeki
*Capa:* departamento de criação da Editora Planeta do Brasil

DADOS INTERNACIONAIS DE CATALOGAÇÃO NA PUBLICAÇÃO (CIP)
ANGÉLICA ILACQUA CRB-8/7057

Oliveira, Fred
  Lua branca / Fred Oliveira ; ilustrações de Arthur Pandeki.
São Paulo : Planeta do Brasil, 2018.
  192 p. (Saga Três Luas ; 2)

ISBN: 978-85-422-1512-0

1. Ficção brasileira I. Título II. Pandeki, Arthur III. Série

18-1846                    CDD: 869.93

ÍNDICES PARA CATÁLOGO SISTEMÁTICO:
1. Ficção brasileira

2018
Todos os direitos desta edição reservados à
EDITORA PLANETA DO BRASIL LTDA.
Rua Padre João Manuel, 100 – 21º andar
Ed. Horsa II – Cerqueira César
01411-000 – São Paulo-SP
www.planetadelivros.com.br
atendimento@editoraplaneta.com.br

# FRED OLIVEIRA

## SAGA TRÊS LUAS
### LIVRO 2 - LUA BRANCA

OUTRO Planeta

# 1

# MUNDO ESPELHADO

Em Lua azul...

Ao amanhecer, o silêncio dominava a mansão. A batalha do dia anterior tinha cobrado seu preço, e a destruição era grande. Os conectados estavam deitados em seus quartos, descansando. Tinham sido tratados pelos funcionários de Ikkei e agora se recuperavam dos sérios ferimentos. Ikkei, o mais machucado de todos eles, estava em uma sala médica específica, preparada em sua mansão. Sua situação era grave: com aparelhos de monitoramento cardíaco, ele foi colocado em coma induzido. Os ferimentos do garoto eram mais severos do que os funcionários da mansão poderiam resolver, e, por isso, um dos cirurgiões mais renomados da Europa tinha sido convocado, junto com sua equipe.

Do outro lado da mansão, Katsuma estava enfaixado, com curativos dos pés à cabeça. Ele continuava mergulhado em um sono profundo desde o desmaio. Mas não parecia haver motivo para preocupação, já que estava apenas esgotado e necessitava de descanso.

Seus olhos se moviam intensamente por baixo das pálpebras, e ele sussurrava levemente algumas palavras. O sonho era incrível. Katsuma estava caminhando por um local onde todas as maravilhas do mundo antigo pareciam se conectar. Elas estavam todas ali, no mesmo lugar, e eram magníficas.

No final do caminho, ele viu a estátua de Zeus, linda, enorme e iluminada por raios de sol, o que aumentava seu esplendor. Ao seu redor tudo era paz.

De repente, a estátua se inclinou na direção de Katsuma e começou a conversar com ele.

— Katsuma.

Ele arregalou os olhos.

— Ouça bem — continuou a estátua. — Você herdou incríveis poderes, e com eles salvar a Terra não será um fardo tão pesado.

— Mas eu não consigo dominá-los completamente — respondeu Katsuma. — Nem sei como fiz a conexão perfeita... Foi algo que aconteceu sem o meu controle.

— Exatamente, garoto — a estátua seguiu falando, com uma voz grave e forte. — A conexão perfeita aconteceu naturalmente, porque agora ela é intrínseca a você.

— Não entendo. O que isso quer dizer?

— Você não precisa entender, faz parte do processo.

— Como pode ser bom eu não entender algo?

— O fato de não saber fará você sair em busca de sabedoria. O fato de não entender fará você encontrar respostas verdadeiras.

— Mas Ikkei é bem mais forte do que eu. Nunca serei capaz de ultrapassá-lo, e mesmo ele saiu gravemente ferido da batalha com o tenente.

— Não se trata de ser melhor que ninguém. Trata-se de ser melhor que si mesmo. Pare de olhar para o que os outros podem ou não fazer: erga sua cabeça e faça o que tem de ser feito!

Katsuma hesitou, sem saber exatamente o que dizer em seguida. Resolveu fazer uma pergunta:

— Você acha que seremos capazes de enfrentar seres tão poderosos assim?

— Garoto, quem luta pela verdade sempre obtém a vitória. Então, a pergunta é: você luta pela verdade?

— Sim! A Balança já é desnecessária, a destruição da Terra é um erro.

— Não é dessa verdade que estou falando. Falo da verdade absoluta, aquela que está implantada dentro do seu coração. Você luta por essa verdade?

Katsuma olhou ao redor e percebeu que todas as maravilhas se curvavam perante a estátua de Zeus. Enquanto ele observava, a estátua se levantou de seu trono imponente, pegou o garoto em suas mãos e o lançou para cima.

— Veja, garoto, veja o Planeta Azul — disse Zeus. Katsuma olhava para aquela imensidão sem-fim. Era realmente um astro incrível. — Veja a perfeição que envolve esta esfera.

— É lindo — disse Katsuma, embasbacado pela beleza imponente de seu planeta.

— Em todo o Universo, nenhum corpo celeste possui tamanha beleza. Isso se tornou uma ofensa aos hakai, que são tão superiores. "Por que um planeta tão incrível está nas mãos de seres tão medíocres?" Você acha que o pensamento deles está errado, garoto?

— Claro que está.

— É mesmo? Então por que vocês mesmos têm destruído o planeta mais belo do Universo?

Katsuma não teve palavras para responder, apenas ficou calado.

— Sabe, garoto — continuou a estátua do deus —, a injustiça às vezes pode ser justa, assim como a justiça pode ser injusta. E a pergunta-chave é: você quer mesmo salvar este planeta?

— Sim. Eu quero! Com todo o meu amor, com todo o meu coração — respondeu Katsuma, com lágrimas nos olhos.

— Você quer mesmo movimentar esse mundo, quer ser o herói de que ele precisa?!

— Sim! Estou disposto a tudo para salvar a Terra! Estou disposto a tudo para salvar o meu lar!

A estátua o pegou de volta e o colocou no chão. Então, sentou novamente em seu trono.

— Se você quer salvar o mundo, o primeiro passo é salvar a si mesmo.

— Como assim?

— Pare de pensar, Katsuma, pare de pensar. Apenas aja!

Katsuma acordou assustado, com a respiração ofegante. Suas roupas, seu lençol, sua cama, tudo estava encharcado com o suor que escorria de sua pele. Ele passou a mão sobre a testa, enxugando um pouco a pele, e se levantou. Suas pernas tremiam, e sua respiração estava ainda mais ofegante. Olhou para o braço e percebeu que estava sendo medicado, recebendo soro e remédios por um acesso venoso.

— Que dia é hoje? — ele perguntou em voz alta, mas para si mesmo.

Katsuma não sabia, mas tinha ficado dois dias desmaiado. Abriu a janela do quarto escuro, e seus olhos doeram com a claridade. O que ele viu foi uma cena de horror.

Tudo ao redor da mansão estava destruído. Katsuma retirou o acesso do braço e, mesmo ainda fraco, decidiu ir atrás de seus amigos. Chegou até a porta do quarto e quase caiu: um abismo estava à sua frente. Para onde quer que ele olhasse, não podia reconhecer uma forma de vida sequer. Tudo estava arrasado. Ele só viu escombros e o fogo que consumia tudo. Apenas o seu quarto na mansão permaneceu intocado. Não havia mais nada, apenas a destruição.

Ele gritou o nome dos amigos, mas sem resposta.

Era o fim da Terra!

Katsuma caiu de joelhos. Com as mãos cobrindo os olhos, em desespero, chorou como nunca tinha chorado.

— Não! O que aconteceu enquanto eu estava desacordado?!

Então, ele ouviu novamente uma voz:

— Katsuma, olhe para cima.

Por entre as lágrimas, ele olhou. E não pôde acreditar no que viu.

\*\*\*

Acima, substituindo totalmente o espaço que deveria ser o céu, via-se um reflexo do planeta. Era como se um espelho infinito cobrisse o mundo, duplicando toda a imagem e também a intensidade das emoções de Katsuma. No mundo do espelho, no entanto, não havia nenhuma destruição. A mansão estava intacta, não havia terror em nenhum lado e o Planeta Azul estava a salvo. Ainda que se tratasse de um reflexo, o único elemento de fato idêntico nessas duas dimensões era o próprio Katsuma, que agora conseguia olhar diretamente seus próprios olhos, buscando compreensão. Ele ainda estaria no reino dos sonhos, o corpo largado e desacordado naquela cama? E por que, em meio à destruição ou à salvação, apenas ele, Katsuma, se mantinha constante?

De repente, uma força que ele não entendia de onde vinha começou a puxá-lo para cima. E, antes que pudesse tocar o que seria a superfície daquele estranho espelho, Katsuma se deu conta de que o seu reflexo também estava sendo atraído em sua direção.

Enquanto o garoto tentava, sem sucesso, assimilar o que estava acontecendo, a intensa voz de Zeus ressoou novamente, com imponência, parecendo ecoar por toda a extensão terrestre:

— A vida e a morte são dois lados da mesma moeda. Mas esse não é um simples jogo de cara ou coroa, pois a sorte não tem poder sobre o resultado final; quem vai defini-lo é você, Katsuma. Aquele que faz as escolhas corretas toma as rédeas de sua missão e lidera para a vitória. Mas escolhas erradas podem tornar o que antes eram duas imagens refletidas por um espelho em apenas uma realidade.

Depois disso, o espelho se quebrou, partindo-se em milhares de pedaços, que caíram sobre o planeta destruído. Então, como um passe de mágica, tudo estava normal novamente. A força que mantinha Katsuma suspenso no ar finalmente desapareceu, e ele caiu. A velocidade da queda foi tão intensa que parecia que o vento iria rasgar sua pele. Ele viu a mansão cada vez mais próxima, até atravessar o telhado e cair dentro de seu próprio corpo.

Katsuma estava de volta à cama. Dessa vez, tinha acordado de fato, e respirava ofegante. Ele tentou se levantar. Depois daquela visão tão intensa, ele precisava verificar qual era a realidade de seu planeta, precisava saber se o mundo havia caído em caos e desespero. Mas seu corpo estava fraco demais, e ele mal conseguia se sentar.

Ficou um tempo observando o teto da mansão, enquanto refletia sobre as intensas palavras que tinha acabado de ouvir.

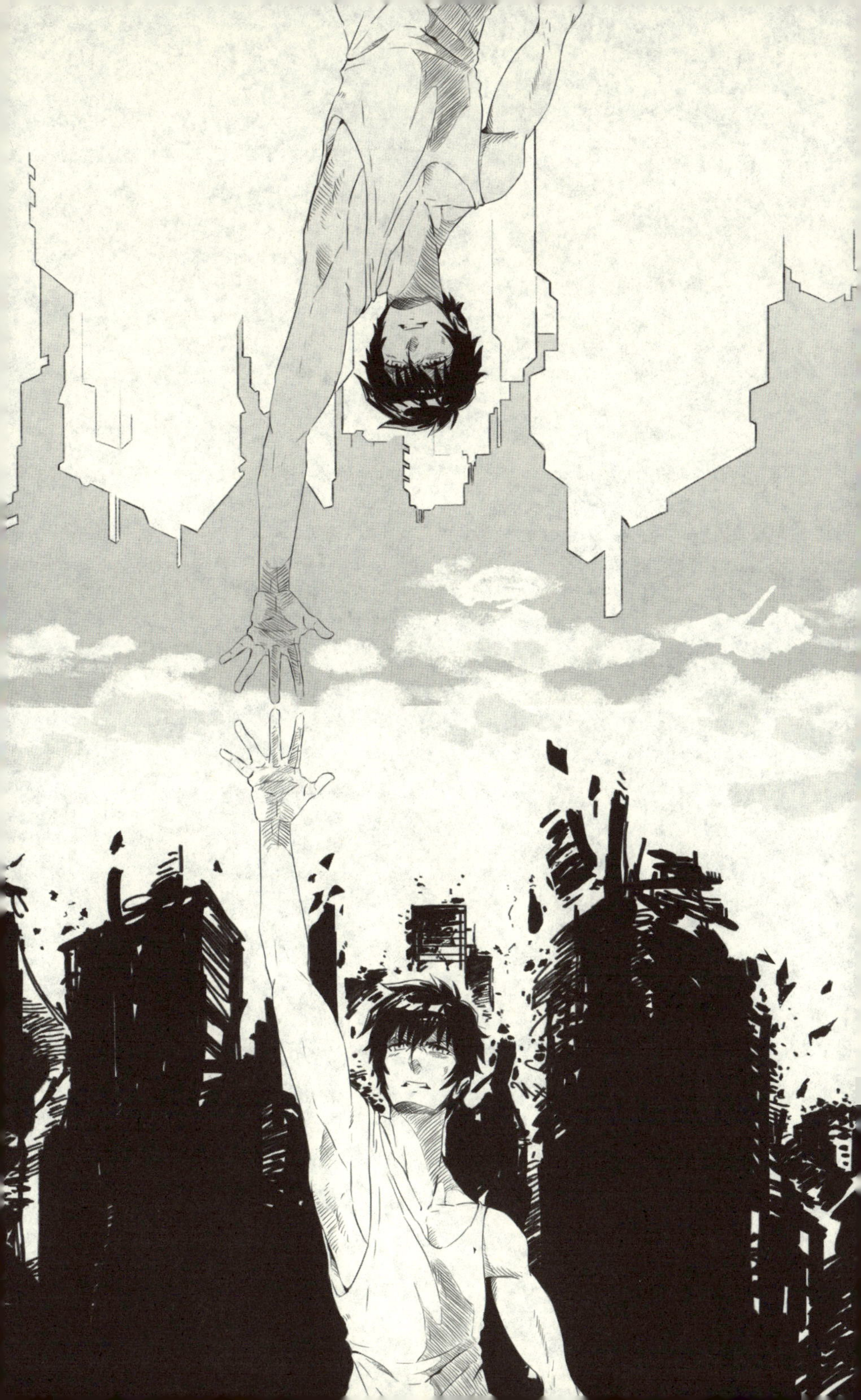

# 2
# AMIGO

A porta do quarto de Katsuma se abriu de repente, tirando o garoto de seus pensamentos. Ele não fazia ideia de quanto tempo se passara entre seus devaneios, mas ainda podia sentir o cansaço que tomava conta de seu corpo.

Os sons dos passos se aproximavam, de forma natural. Aos poucos, Katsuma se virou na direção da porta... e lá estava seu rival, Ikkei! Ele estava vivo! O garoto de cabelos vermelhos percebeu que Katsuma finalmente estava acordado e consciente e então tocou em seu ombro:

— Está se sentindo bem, amigo?

Os olhos antes semiabertos de Katsuma agora estavam arregalados como nunca. *Amigo? O que está acontecendo aqui?*, ele pensou.

— Posso ver que ainda não tem forças para falar — disse Ikkei. — Vou chamar Akio e os outros.

Pouco depois, todos estavam na sala: Mieko, Ikkei, Red, Akio e Iyo, que entrou por último, fazendo um alvoroço.

— Katsuma! Que bom que você está bem! Ficamos todos muito preocupados — gritava ela, enquanto abraçava forte o amigo. Apesar da dor, Katsuma gostou de sentir o calor daquele abraço.

— Oi, Iyo — disse ele, com alguma hesitação, não apenas por estar sem forças, mas por ainda estar assustado com aquilo que estava diante de seus olhos.

As cenas da batalha contra o tenente Hirotsugo dominaram sua mente. Ele se lembrou de todos feridos, de como todos os seus amigos haviam sofrido com aquela luta tão sangrenta... Mas agora estavam ali, e bem. Teria sido a luta também mais um de seus delírios? Será que nada daquilo realmente aconteceu?

Então, o professor Nagata entrou.

— Que bom que você finalmente acordou, Katsuma! Tive medo que ficasse aí para sempre.

— Como assim? Há quanto tempo estou aqui?

— Desde a luta e de sua conexão perfeita, já se passaram... quarenta e cinco dias — respondeu o professor.

*Quarenta e cinco dias? Tanto tempo assim?*

— Já que ele está bem, não há motivos para ficarmos todos aqui — disse Ikkei, trazendo Katsuma novamente à realidade. — Vamos deixar que Akio cuide do resto.

Todos concordaram. Enquanto caminhavam para fora da sala, Iyo se aproximou do amigo:

— Katsuma... — disse, com os olhos lacrimejando. — Que bom que você voltou.

Ela beijou o rosto do garoto e saiu.

Katsuma tinha muitas perguntas, inúmeras. Naquele momento, estava sendo torturado pelas dúvidas. *É, parece que ao menos as minhas loucuras continuam as mesmas*, pensou, e depois começou a rir sozinho.

— Está feliz, hein, Katsuma? Isso tudo é porque ganhou um beijo da namoradinha?

Imediatamente, Katsuma ficou vermelho.

— Não é nada disso, Akio!

O amigo era o único que havia ficado no quarto. Aparentemente, era ele o responsável pela recuperação de Katsuma.

— Sei, sei — provocou Akio. — Aqui está sua refeição. São apenas frutas e cereais. Você precisa pegar leve por enquanto, já que ficou em coma por tanto tempo.

— Obrigado, Akio.

Enquanto Katsuma comia, o amigo caminhou em direção à janela, parecendo pensativo. Depois de alguns instantes, ele se virou.

— Katsuma, acredito que você tenha atingido seu potencial máximo na última batalha.

— Sério? Que bom!

— Na verdade, isso não é nada bom! — respondeu Akio, com uma certa rispidez, deixando Katsuma um pouco ressabiado. O garoto continuou: — Você pode achar que quarenta e cinco dias é muito tempo, mas o fato é que poderia ter ficado em coma durante meses. Já pensou se, antes que você tivesse tido tempo para se recuperar, a Terra fosse destruída? Durante esses últimos dias, nós nos dedicamos de corpo e alma ao treinamento em equipe. E percebemos que, se quisermos ao menos uma chance contra inimigos tão poderosos, não basta apenas um de nós ter um poder absoluto. Toda a equipe precisa estar unida. — Akio pareceu perceber o tom duro de suas palavras, e seu efeito no ânimo do amigo que acabara de despertar. Então, resolveu mudar ligeiramente de assunto. — Ikkei também só se recuperou há alguns dias. Ele estava sofrendo muito todo esse tempo, com dores e alucinações.

— Ele me chamou de amigo, Akio. Quase não acreditei.

— O quê? — A aparente seriedade do garoto desapareceu imediatamente. — O Ikkei chamou *você* de amigo? Não é possível! Deve ser mais uma loucura dessa sua cabeça — disse, dando gargalhadas.

— Bom, pode ser — murmurou Katsuma, de fato acreditando nessa possibilidade... — Realmente, eu nunca esperei ouvir isso da boca dele.

— A Iyo e eu nos recuperamos relativamente rápido, depois de apenas duas semanas. Quando ela começou a se sentir mais forte, vinha todos os dias até o seu quarto e ficava aqui, conversando com você. Eu não sei exatamente o que ela dizia, nem se você conseguia escutá-la, mas, quando eu passava pela porta, podia ver que havia sempre um sorriso no rosto dela.

— Sério? Você acha que ela se preocupou tanto assim comigo?

— Claro, seu idiota! — disse Akio, em tom de brincadeira. — Todos nós ficamos muito preocupados com você. Vamos, tente se levantar. Já perdemos muito tempo e você precisa se atualizar das novidades.

Akio se ofereceu de apoio a Katsuma, que ficou de pé com dificuldades. Já eram quase onze horas da manhã. Katsuma ainda se sentia fraco e, mesmo com a ajuda do amigo, tinha dificuldade para caminhar. Os dois percorreram lentamente os corredores da mansão, e logo Katsuma se deu conta de que estavam indo rumo à sala de reuniões. Todos estavam lá, à sua espera.

— Sente ali — disse Akio assim que chegaram, apontando o lugar reservado para o garoto.

Mieko estava de pé, terminando de explicar a todos os detalhes do seu último treinamento:

— Em resumo, é isso. Não basta apenas treinarmos. O verdadeiro poder de nossos objetos vem do nosso desejo de proteção. A motivação varia muito de uma pessoa para outra, e pode estar pautada em algum fator pessoal ou coletivo. A vontade de proteger algo ou alguém é o que leva a conexão ao seu máximo: a conexão perfeita.

*Então, estavam falando da conexão perfeita*, pensou Katsuma. E, imediatamente, ele se lembrou dos testes que Akio conduziu para ajudá-lo a despertar o poder da sua adaga. Aparentemente, era o amor que sentia por Iyo, o medo de perdê-la, que tinha ativado a arma de Katsuma. Agora, pensando nas palavras de Mieko, Katsuma se deu conta do que realmente estava acontecendo. Na realidade, o desejo de proteger Iyo e seu amor por ela eram tão fortes que o fizeram atingir a conexão perfeita.

— Então, Katsuma — perguntou o professor Nagata, como se tivesse lido os pensamentos do rapaz —, o que você sentiu quando realizou a conexão perfeita?

Katsuma ficou vermelho na hora, só de pensar que os outros talvez já soubessem que seu amor escondido foi o que impulsionou todo seu poder.

— Fui tomado por um enorme desejo de proteger a Terra — ele tentou disfarçar, gaguejando.

— Ótimo — disse o professor, aparentemente convencido. — Concluindo, meus caros, não adianta muito continuarmos usando o Hexagonal para os treinamentos. O ideal é que vocês saibam exatamente o que desejam proteger, o que amam acima de todas as coisas no mundo. Sem isso, qualquer treinamento será em vão, sempre muito distante do real potencial de cada um. — Ele fez uma pausa e, então, continuou: — Akio, quero pedir uma melhoria, pode ser?

— Claro, professor. Posso tentar, sim!

— Eu quero que o Hexagonal seja capaz de analisar nossos grandes desejos e usar isso a nosso favor. Talvez se, durante a simulação, os inimigos tentarem destruir os seus amores mais ocultos, vocês serão capazes de fazer a conexão perfeita com mais facilidade.

— Posso falar umas palavrinhas, professor? — perguntou Mieko, que ainda permanecia de pé.

— Claro, fique à vontade.

— Acho que já sei como funciona comigo, professor. Eu sou órfã, não tenho amigos nem família. A única coisa que me torna especial de verdade é meu objeto, minha relíquia. Então, eu luto intensamente para proteger a única coisa que faz sentido para mim, que é ser uma conectada. No fundo, não estou protegendo apenas o objeto, uma coisa palpável visível, trata-se de algo maior, que vem de dentro de mim. Como uma conectada, eu me sinto especial, e isso faz com que eu atinja o máximo de meu potencial. — Enquanto confessava seus sentimentos, os olhos da garota se encheram de lágrimas.

— Obrigado por compartilhar algo tão pessoal conosco, Mieko — confortou Iyo, também emocionada. Ela sentiu a dureza e a sinceridade das palavras daquela menina tão forte e, ao mesmo tempo, tão solitária. — Realmente será de grande ajuda para todos nós.

Mieko agradeceu o apoio de Iyo com os olhos. Depois, devagar e em silêncio, foi se sentar na cadeira vazia que aguardava por ela. Assim que ela se acomodou, Akio se manifestou.

— Professor!

— Sim, Akio.

— Não se preocupe, hoje passarei o dia todo trabalhando nisso. Tenho um software de análise emocional, que inclusive já utilizei anteriormente para ajudar o Katsuma. Acredito que, após alguns pequenos ajustes, tudo estará normalizado e pronto para ser usado no Hexagonal. É uma ótima ideia, e em pouco tempo teremos todos os dados necessários.

— Perfeito, Akio, muito obrigado! — O professor pareceu satisfeito com o andar da reunião. Seus olhos percorreram a sala, passando por todos os presentes, um a um. Ele tinha aprendido a amar cada um daqueles garotos, e, de certa forma, se sentia responsável por eles. *Qual será o destino desses jovens?*, pensou ele. Por fim, ajeitando-se na cadeira, completou: — Bom, pessoal, hoje o dia é livre. Tentem se concentrar no que eu disse; vasculhem seu íntimo em busca daquilo que mais querem proteger, daquilo que mais amam. Afinal, o futuro da humanidade depende disso.

— Sim, professor! — disseram todos em uníssono...

Menos Ikkei.

*Enquanto isso, no planeta Hakai...*

— NÃO CONSIGO ACREDITAR QUE PERDEMOS NOSSO MELHOR TENENTE PARA ESSES HUMANOS DESPREZÍVEIS! — gritava o imperador. A fúria parecia jorrar de seus olhos, derramando-se pela sala e pelos que estavam à sua frente. Era possível perceber a irritação do líder supremo dos hakai, que não entendia como os humanos, aquela raça que considerava inferior e absolutamente descartável, teriam conseguido tamanha proeza. — Tyra, você irá ao Planeta Azul imediatamente. Precisamos eliminar qualquer chance de cometermos mais erros.

Os três generais e os principais capitães de seu poderoso exército estavam no salão, e, então, um silêncio constrangedor se instaurou no recinto.

— Deixe que eu vou! — prontificou-se o capitão Yamamoto Kizashi. — Para mim, essa vitória se tornou pessoal.

O imperador o fitou:

— Yamamoto Kizashi, o homem que rejeita a todo o tempo o posto de quarto general dos exércitos hakai, agora quer ir ao Planeta Azul? Tem certeza de que está preparado? Não acha que está emocionalmente envolvido demais com a questão, depois da queda de seu protegido? Como se chamava mesmo aquele tenente? Ah, sim, Hirotsugo. Sempre acreditei que ele fosse mais capaz do que realmente era.

O capitão segurou a dor da perda de seu querido protegido. Hirotsugo sempre havia sido um seguidor leal ao império, um dos hakai mais poderosos que Kizashi conhecera. Ao ver o imperador falando daquela forma, desprezando as habilidades e o sacrifício do tenente, o capitão estremeceu por dentro. Por fim, ele soltou as suas palavras duras:

— Estou preparado, sim. Pelo menos mais preparado que essa garota mimada, disso eu tenho certeza! — Ele não dizia por mal. A sede de vingança e a dor que sentia eram tão intensas que Kizashi sequer conseguia medir suas palavras.

Antes que o imperador o repreendesse por sua insolência, a própria general Tyra Alícia resolveu se pronunciar:

— Seu velhote! — disse ela, com sarcasmo. — Saiba que nem preciso usar minha espada para fazê-lo cair aqui mesmo, de joelhos.

— Tente a sorte — retrucou Kizashi.

O clima no salão era tão intenso que causava arrepios até mesmo nos capitães mais poderosos.

— Minha irmã não quis ofendê-lo — disse, quebrando o silêncio, o general Sebastian Vidar, sabendo que aquela discussão não acabaria bem. E ele também tinha consciência de que, apesar de confiar completamente na força e no poder de Tyra, o capitão Yamamoto não era adversário a se subestimar. — Ela apenas está preocupada com o futuro do Universo, e isso a tem deixado um pouco instável. Aliás, todos nós estamos exaltados. Por favor, nos desculpe por isso.

Os dois, a general e o capitão, que continuavam se encarando, finalmente desviaram o olhar.

— Eu imploro que me dê essa missão — Yamamoto, por fim, dirigiu-se ao imperador.

— Bem, se você insiste — disse o imperador, depois de alguns segundos de silêncio. — Mas nenhuma falha será tolerada. Seu discípulo se tornou uma vergonha para os hakai.

Nesse momento, o ódio que envolvia o coração do capitão pareceu borbulhar em fúria. No entanto, ele segurou qualquer impulso de defender a honra de seu pupilo. A força de seu ódio poderia ser útil mais tarde, quando ele precisasse de energia para a execução de sua vingança. Assim, ele apenas respondeu com tranquilidade:

— Obrigado, grande imperador.

— Esta sessão está encerrada — disse o imperador. — Voltem aos seus postos.

O capitão Yamamoto se dirigiu para a porta de saída, e todos os outros o seguiram. Enquanto caminhava, olhou com reverência para A Grande Balança, que jazia ao lado do vasto salão de conferências. Ele já vira aquele instrumento sagrado muitas e muitas vezes em suas visitas ao palácio imperial. No entanto, havia ali algo diferente. *Que estranho*, ele pensou, *ela está inclinada, mas parece estar mais equilibrada do que antes. Ah, isso deve ser coisa da minha cabeça.*

O capitão procurou dissolver a sombra da dúvida que surgiu em sua mente e, com passos firmes, foi em direção à saída do palácio.

Já do lado de fora, enquanto caminhava, Kizashi olhou para o céu e contemplou as três luas que enfeitavam a noite. Naquele momento, lembrou-se do último encontro que teve com seu companheiro, andando por aquelas mesmas ruas, sob a luz daquelas mesmas luas. Era impossível conter as lágrimas que agora inundavam seus olhos e escorriam pela sua face. Das três, a lua branca parecia ser a mais brilhante naquela noite. Era a lua da glória, símbolo do poder de sua civilização, mas agora parecia refletir a dor e a desesperança do capitão.

— Ogawa — disse ele, em voz baixa, dirigindo-se ao mesmo tempo à lua e ao seu coração. — Sua morte não ficará impune.

Uma vez em casa, sentado em uma poltrona em seu escritório, Kizashi pegou uma bebida e começou a se lembrar dos velhos amigos e companheiros que haviam partido. Entre eles, estava o antigo imperador, Straik Lavalont. Perdido em suas lembranças de batalhas e de noites nos bares da galáxia, o capitão riu sozinho, pensando nas ironias e nas reviravoltas da vida.

Foi então que, como em um estalo, ele deu um salto de volta à realidade.

*Será que a mudança na inclinação d'A Grande Balança quer dizer alguma coisa?*, pensou. Lembrou-se dos detalhes da posse do atual imperador e de seu braço direito, Zenchi, quando ambos assumiram o poder. Sentira, na época, que havia algo errado, e desde então ele carregava essa sensação.

*Não consigo confiar nesses dois. Há alguma coisa que não está certa.*

— Capitão! Capitão! — uma voz feminina gritou na porta.

— Já estou indo.

O capitão colocou o copo de volta à mesa de seu escritório, procurando também repousar ali as dúvidas que o atormentavam. Ele se dirigiu à porta de entrada, pois nenhum dos serviçais pareceu estar disponível àquela hora. Do lado de fora, uma jovem hakai o aguardava, com os olhos ansiosos.

— Sou a soldado Sakurai, senhor. Vim entregar o iorb com a nave da missão. Dentro dela estão todos os detalhes.

— Muito obrigado, soldado. Tenha uma boa noite.

— Obrigada, capitão. Permissão para me retirar.

— À vontade.

A soldado havia conseguido interromper os pensamentos de Kizashi. Mas, assim que ela se retirou, o capitão voltou a pensar apenas naquilo que o aguardava: a vingança. Olhava para o iorb e ansiava pelo início da sua missão. E logo tomou uma decisão: não ansiaria mais, começaria ainda naquela noite.

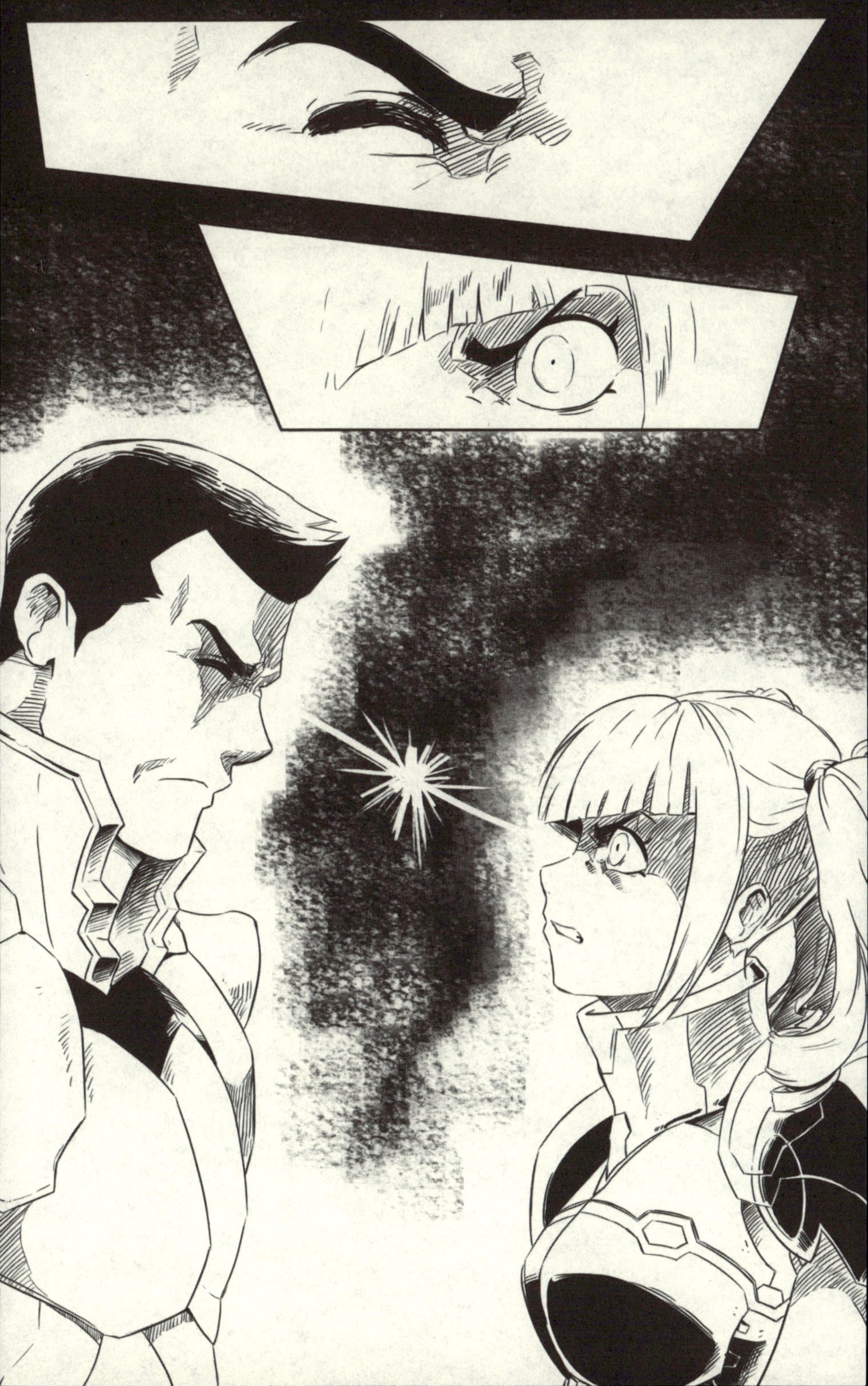

# 3

IRMÃOS

Enquanto o capitão pensava em suas glórias e nas dores do passado, a general Tyra reclamava com seu irmão, Sebastian Vidar:

— Quem aquele velhote pensa que é? — bradou ela.

Os dois também já estavam em casa. A general andava de um lado para o outro, impaciente e inconformada com o que ela considerava ter sido uma demonstração de grande insolência por parte do capitão Yamamoto. Ele se atrevera não só a desafiar a hierarquia do exército imperial, referindo-se a uma general daquela maneira, mas também a insinuar que ganharia dela em uma batalha.

— Calma, maninha. Tente não destruir a casa dessa vez.

— Sou a melhor dentre todos os generais. Ninguém é capaz de me vencer! Ninguém!

— Nós sabemos disso, e por isso você foi colocada nessa posição. O capitão estava apenas nervoso por conta da morte do queridinho dele. Tente se acalmar.

— Não me peça para ficar calma! — Ela deu um soco na parede e as rachaduras começaram a subir até o teto. — Você sabe quem somos, sabe de onde viemos. Para chegar aqui, foi necessário muito mais que pequenos sacrifícios.

Ela se sentou em uma poltrona, parecendo se acalmar um pouco, e então, imediatamente, sua força se transformou em fragilidade, e sua raiva tomou forma em lágrimas.

— Por acaso você já se esqueceu do que aconteceu na última vez em que a Balança se inclinou? — disse ela, chorando, ao irmão.

— Jamais poderia esquecer — respondeu o irmão.

— Tivemos que provar nosso valor, vencer o impossível.

Vidar, então, abraçou a irmã e também desabou em lágrimas, lembrando-se de tudo o que haviam passado.

— Estamos juntos, irmãzinha. Somos uma família. Não se preocupe, jamais vamos permitir que os fantasmas do passado nos assombrem novamente.

*Antes de tudo isso, há muitos e muitos anos...*
 Em uma das galáxias mais isoladas do Universo, havia um planeta pequeno e pobre. Mas dentre todos que já existiram e um dia ainda vão existir, era o planeta mais puro e bondoso. Não havia nem mesmo qualquer resquício de maldade entre os habitantes de Yosa. Somente a paz e a harmonia tinham vez. Era um lugar realmente impressionante, quase difícil de acreditar que era real. E mesmo sendo um planeta pequeno e pobre, em Yosa não existia fome: todos se ajudavam, se apoia-

vam e olhavam uns pelos outros, independentemente de sua posição social.

Tyra Alícia e o irmão, Sebastian Vidar, viviam ali. Tinham mais ou menos trezentos anos, mas ainda eram muito jovens. Os habitantes de Yosa eram de uma espécie irmã à dos hakai, e eram muito semelhantes a eles, inclusive no quesito longevidade. Os irmãos viviam em um vilarejo nas montanhas, junto de seus familiares e amigos. O pai deles era o líder do vilarejo e sempre ensinou os dois filhos que eles deveriam amar todos os habitantes dali e trabalhar intensamente por eles. Em Yosa, os líderes eram os que mais se dedicavam por todos, sendo mais amáveis do que seria possível imaginar.

Mas quem diria que toda essa bondade poderia levá-los à ruína? Afinal, como mais tarde Tyra e Sebastian vieram a saber muito bem, o desequilíbrio nem sempre era causado pela maldade.

Quando um furacão se aproxima de uma brisa, o que acontece? Ela é engolida! O equilíbrio é impossível com duas potências muito diferentes. Então, é muito importante que os ventos tenham sempre a mesma força, para que, assim, os dois se mantenham intactos. E a harmonia do Universo é semelhante a isso.

No entanto, naquela época, A Grande Balança também se inclinou e a ampulheta iniciou a contagem. Naquele caso, o planeta entendido como vilão, como causador do desequilíbrio, era Yosa. Pela primeira vez em milênios, a Balança acusava excesso de bondade.

Diante dessa situação, o então imperador dos hakai, Straik Lavalont, entrou em choque:

— Como é possível? — murmurava, sem compreender aquela alteração.

Para tentar entender o que se passava, mandou chamar seu maior amigo, seu conselheiro de maior confiança e primeiro general das tropas hakai, Yamamoto Kizashi.

— Mandou me chamar, imperador? — perguntou Yamamoto, de joelhos, antes de receber um abraço do amigo.

— Deixe as formalidades pra lá, Kizashi. Venha comigo, quero mostrar algo a você — disse o imperador, guiando o general em direção à sala onde era guardada A Grande Balança.

Por ser um amigo tão próximo do grande líder do planeta, Kizashi já tinha visto o instrumento antes. No entanto, ele sempre se impressionava com a imponência daquele objeto, capaz de decidir o destino de civilizações inteiras. Mas, naquele dia, em especial, havia algo diferente ali. Ao ver a inclinação d'A Grande Balança, o então general tremeu:

— Não é possível!

— Pensei que este dia nunca chegaria, caro amigo.

— Mas, senhor, se o que estou vendo aqui nesses dados corresponder à realidade... Não consigo entender, justo o planeta Yosa?

Lavalont sentiu o peito apertar. Ele sabia da bondade dos habitantes de Yosa, e, em seu íntimo, não conseguia se convencer de que a destruição daquele planeta era necessária para garantir a continuidade da vida no Universo.

O imperador convocou, então, seus principais conselheiros e generais. Depois de uma longuíssima discussão, a decisão parecia clara e direta: o planeta seria atacado. Apenas o general Yamamoto e o próprio imperador Lavalont eram contra essa atitude. Eles tentaram insistir em procurar alternativas, mas não adiantava. O segundo general dos hakai era um homem igualmente influente e sanguinário. Ele conseguiu colocar todos contra o imperador, alegando que o líder não tinha coragem suficiente para tomar uma decisão claramente necessária. E foi naquele exato momento que a história dos hakai começou a mudar.

Junto de Zenchi, um dos conselheiros do imperador, o segundo general orquestrou um golpe. Assassinaram o imperador e alegaram, em seguida, que a insanidade de Lavalont acabou por levá-lo à morte. Depois disso, o general se ofereceu "humildemente" a assumir o trono do império.

Depois de prometer restabelecer o equilíbrio do Universo, logo jurou morte ao herdeiro, por direito, do poder, Straik Absalon, filho de Lavalont. Segundo o agora novo imperador, a morte do garoto seria uma punição à altura do crime cometido por Lavalont, que ousou desafiar o poder d'A Grande Balança, ameaçando, com isso, o equilíbrio de todo o Universo.

Yamamoto havia tentado salvar seu amigo, mas em vão. Lavalont morreu em seus braços, implorando para que o capitão não permitisse que seu filho tivesse o mesmo fim. Então, em nome da honra de seu amigo, Yamamoto revirou todo palácio, durante o caos do golpe, encontrou Absalon, que na época tinha por volta de trezentos e cinquenta anos, colocou-o em uma nave e, juntos, sumiram no Universo.

O novo imperador, ao lado de Zenchi, já no poder, cumpriu sua promessa: atacou o bondoso planeta Yosa e o destruiu por completo.

O novo imperador tinha certo prazer em ver a dor e o sofrimento alheios. Portanto, decidiu acompanhar pessoalmente as forças enviadas para dizimar a população de Yosa. Em meio a tanto caos, fogo e tormenta, o imperador carrasco encontrou um grupo de habitantes sentados, esperando a destruição que parecia certa. Eles mal entendiam o que estava acontecendo.

Nesse momento, o imperador pensou: *A destruição do planeta Yosa e o golpe com certeza vão causar muita revolta entre os hakai. Talvez, se eu salvar esses poucos habitantes, minha aceitação seja um pouco maior.*

Em sua cabeça, com aquele gesto, os hakai o veriam como um líder misericordioso, magnânimo. Então, assim ele o fez.

Chegando de volta ao planeta Hakai, entregou os sobreviventes de Yosa a seu exército para que fossem usados como escravos. Sem suportar tanto sofrimento, muitos se mataram e outros morreram de angústia e desesperança.

No entanto, um casal de irmãos se manteve firme. E, mesmo sendo da mesma espécie que os hakai, os dois sofreram todo tipo de preconceito por serem de outro planeta. Então, definiram como seu maior objetivo provar seu valor acima de tudo.

Enquanto eram tidos como escravos das tropas hakai, aos poucos, demonstraram suas capacidades e seu poder. Com a disciplina herdada de seus ancestrais, foram crescendo mais e mais dentro do exército, e chegaram a ganhar não apenas a liberdade, mas também honras dadas apenas à nata do exército hakai.

Foram necessários muitos séculos, mas ambos conseguiram, por fim, alcançar a patente mais alta. E, além de se tornarem generais, a irmã Tyra conseguiu um grande feito, tornando-se a general mais poderosa entre todos os generais.

Praticamente nenhum dos hakai vivos conhece essa história. O passado dos irmãos acabou se perdendo em seus séculos de existência, e os dois fizeram o possível, usando sua influência conquistada a duras penas, para que ele continuasse enterrado. Mas, ainda hoje, vez ou outra, eles têm pesadelos com aquele dia terrível, quando seu planeta foi completamente destruído pela civilização que hoje em dia eles juram defender.

Logo após a vitória no planeta Yosa, o imperador golpista era só alegria. Ele parecia não apenas aliviado, mas realmente *feliz* por causar tanto sofrimento. A dor alheia lhe proporcionava uma reação estranha, quase viciante.

 Levantando-se de seu novo posto, no grande salão do trono imperial, o imperador caminhou na direção d'A Grande Balança, e diante dela encontrou Zenchi, seu principal aliado, agora responsável pelo objeto sagrado.

 No entanto, o imperador notou algo no olhar do conselheiro. Não era preocupação, mas algo mais parecido com curiosidade. Olhando com atenção para A Grande Balança, o imperador percebeu do que se tratava, algo realmente singular. A Balança estava estabilizada. Pelos dados coletados ali, talvez ela estivesse estabilizada antes mesmo da destruição de Yosa. Teria o bondoso planeta sido destruído em vão? Após estudos profundos, finalmente constatou-se que, de fato, o equilíbrio eterno havia chegado.

 No entanto, o imperador tratou de garantir que ninguém mais soubesse disso, pois em seus planos havia ainda muito, muito espaço para destruição.

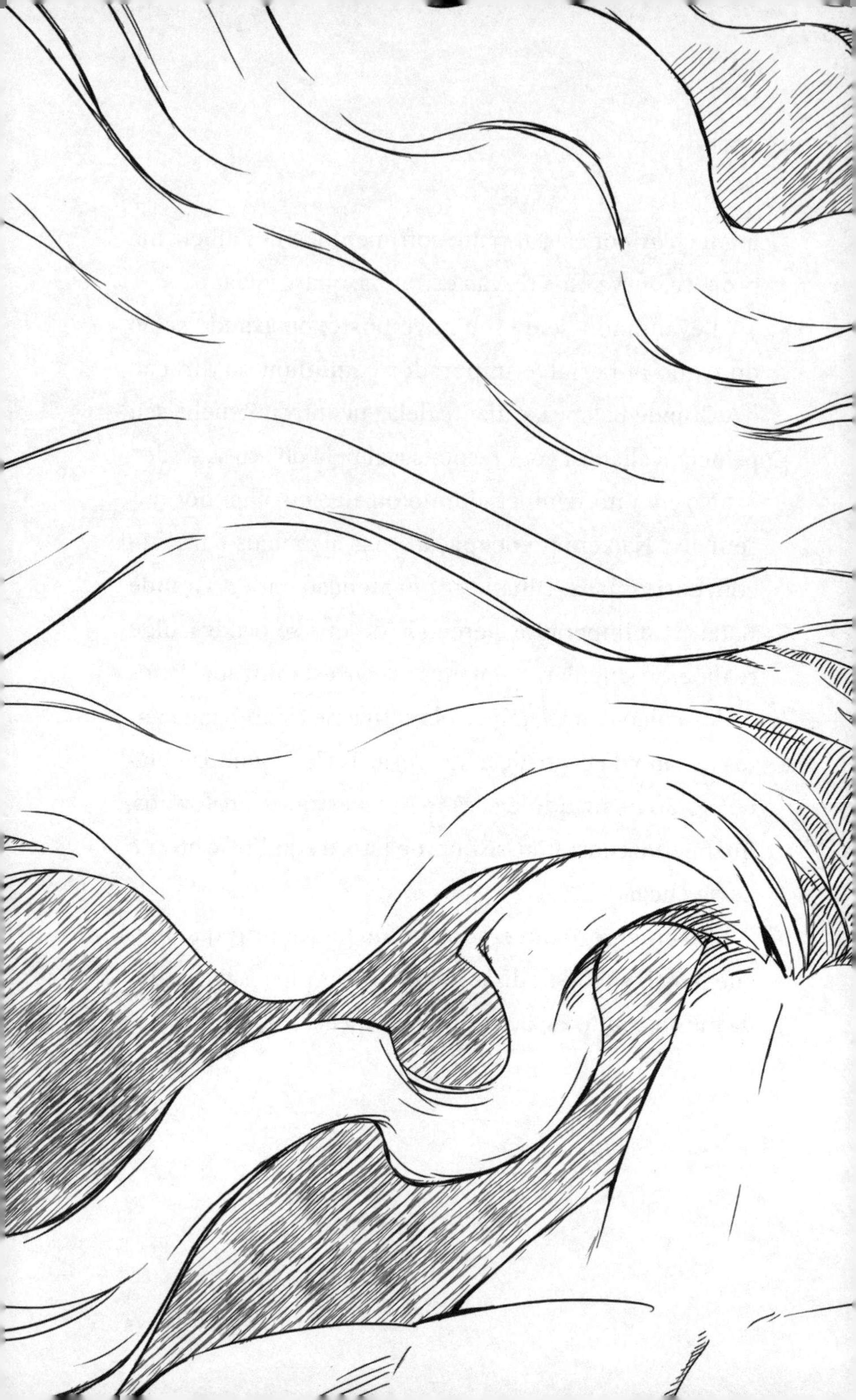

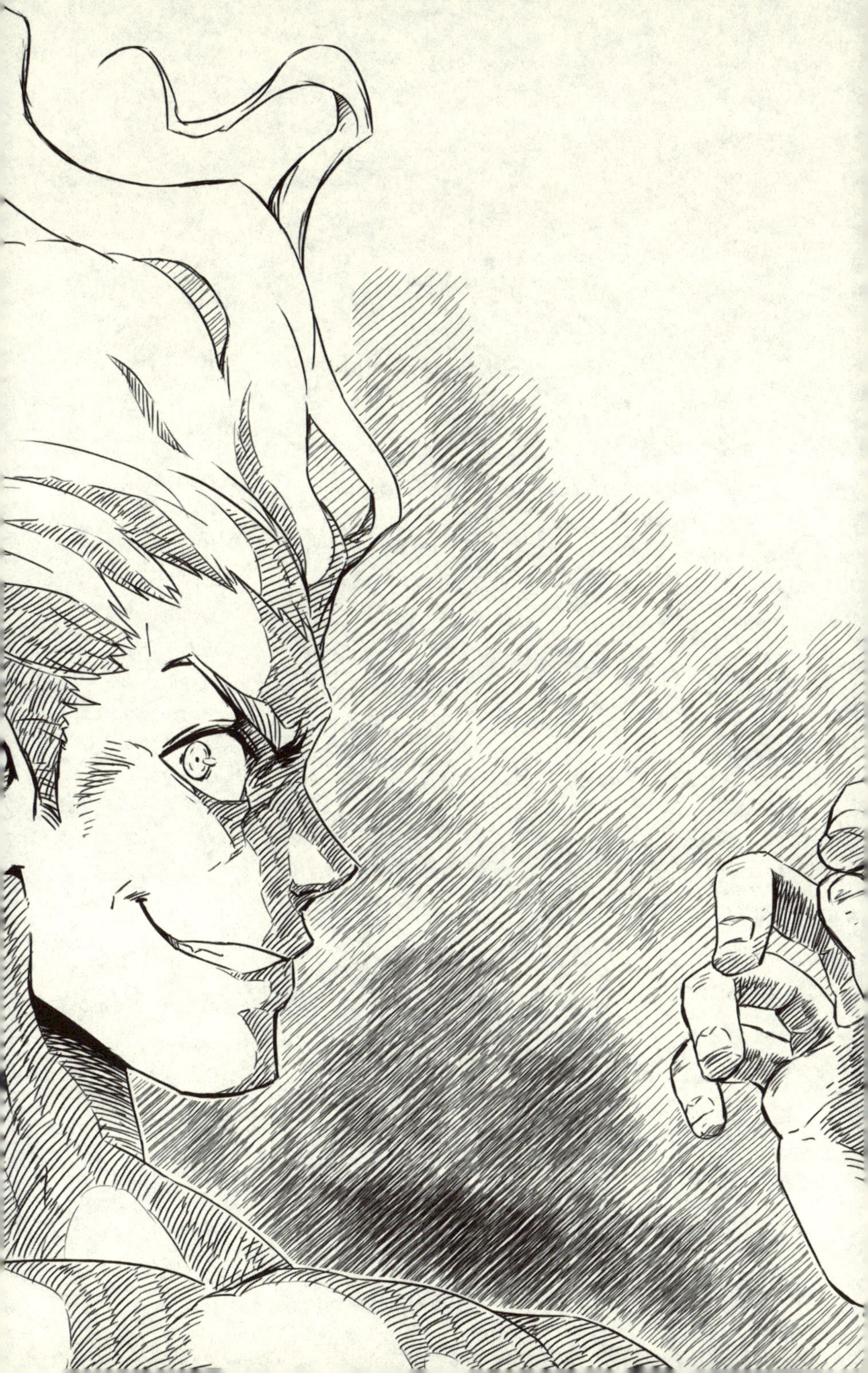

# 4

REFRIGERANTE

QUANDO ANOITECEU, AKIO SE SENTIA EXAUSTO. Depois de implementar todas as mudanças no Hexagonal, agora tudo o que precisava era esfriar um pouco a cabeça.

Sentiu vontade de tomar um refrigerante, de uma marca não muito popular. Para isso, no entanto, precisaria caminhar pouco mais de trinta minutos até a loja de conveniência mais próxima.

— Deixe que os empregados cuidem disso para você. Vá descansar — disse Ikkei, que esbarrou com Akio quando o garoto estava prestes a sair. — Você precisa estar inteiro amanhã; nosso treinamento depende muito de você.

— Não se preocupe, uma caminhada tranquila vai deixar a minha cabeça mais tranquila e leve. Na realidade, acho que isso pode até me ajudar com o trabalho de amanhã.

— Au! Au! — Red latiu para Akio, como se estivesse oferecendo companhia para ir com ele até a loja.

— Pode ficar aqui, amigão, eu volto logo — disse Akio, enquanto fazia cafuné no cão. — Até amanhã, Ikkei, boa noite.

Akio passou pelo portão e, em seguida, atravessou o poderoso campo de força que envolvia a mansão. O bairro em que Ikkei morava era muito bonito. Nenhuma residência era tão imponente quanto a mansão em que eles estavam, mas, ainda assim, eram casas luxuosas. Apenas pessoas de alta renda moravam por ali. Nas ruas largas e bem iluminadas, seguranças particulares circulavam pelo bairro, evitando aproximações suspeitas àquela hora da noite.

Enquanto caminhava, pensava sobre Red. *Será que, antes de carregar esse fardo, ele era um cachorro comum? É um cãozinho tão esperto...* Por fim, concluiu que talvez tivesse sido afetado pela coleira, criando depois algum tipo de raciocínio acima da média. Akio também pensava sobre a conexão perfeita e em toda a conversa que haviam tido mais cedo naquele dia sobre seus poderes e as possibilidades que eles tinham como grupo.

Depois de vinte minutos de caminhada, ele já havia se distanciado do bairro nobre. O contraste entre a riqueza do local onde estava hospedado e a extrema pobreza daquela nova vizinhança encheu seu coração de horror. Como historiador e estudante de várias disciplinas, ele via além. Conseguia enxergar um futuro cada vez pior, e também entendia o passado que levou a sociedade àquela situação. A Terra tinha, sim, seus problemas, e não era de hoje. No entanto, ainda assim, era um lugar precioso, e a esperança de dias melhores não podia ser perdida. Aquele planeta merecia ser protegido.

De repente, Akio escutou um grito e percebeu uma movimentação à frente, justo na loja para a qual seguia. Na mesma hora, saiu correndo em direção a ela.

— Fique quieta! — gritava um assaltante, dando um tapa no rosto da moça atrás do caixa da loja, fazendo com que ela caísse ao chão.

Enquanto isso, outros dois ladrões estavam na porta, vigiando, e um quarto homem enchia uma sacola com o dinheiro do caixa.

Quase sem fôlego, Akio se aproximou da entrada loja.

— Saia daqui, garoto. Não vê que estamos tratando de negócios? — disse um dos bandidos, sorrindo ironicamente.

— Quem são vocês?

— Não importa, moleque, se manda daqui!

Akio olhou pela vitrine e viu a movimentação no interior da loja. Não havia outra coisa a ser feita. Ele ajustou os óculos com o indicador e, sério, disse:

— Hoje não é o dia de sorte de vocês.

— O que foi que você disse, pirralho?

— Vou dar duas opções a vocês — disse Akio, com calma, mas mantendo a firmeza na voz. — Podem sair agora e nada de ruim vai lhes acontecer ou podem ficar e arcar com as consequências, que certamente não serão as melhores, ao menos não para vocês.

Os ladrões pararam por um segundo o que estavam fazendo, encararam aquele garoto magrelo ali diante deles e olharam, incrédulos, uns para os outros. Depois de alguns segundos, caíram na gargalhada.

Akio já havia percebido que somente um deles, o que estava dentro da loja, portava uma arma. E era uma bem velha.

— Então — disse um dos assaltantes, o grandão careca que estava do lado direito da porta —, quer dizer que esse moleque magrelo está nos ameaçando? Só pode ser piada!

Todos eles continuavam debochando da cara de Akio, rindo.

— E, então, como vai ser? — retomou Akio. — Opção um ou opção dois?

— Que tal colocarmos no jogo uma terceira opção? A que morre aqui e agora? — disse o ladrão à esquerda da porta, com uma cicatriz em forma de cruz no rosto, pegando uma faca na cintura.

No entanto, repentinamente a mão do ladrão com a cicatriz começou a sangrar. Tomado pela dor, ele soltou a faca diante de Akio e caiu de joelhos. E antes que ele pudesse entender o que estava acontecendo, notou que a faca agora estava nas mãos do garoto. *QUE VELOCIDADE INCRÍVEL!*, pensou o grandalhão careca, que sequer tinha entendido a movimentação de Akio. Quando se deu conta, o garoto já tinha desarmado o seu comparsa.

— O que foi isso?! — gaguejou o ladrão que ainda estava de pé.

— Agora é sua vez de escolher. Como vai ser? Primeira ou segunda opção?

Enquanto isso, dentro da loja, os outros dois assaltantes terminavam de encher a sacola com o dinheiro.

— Vamos logo com isso! — disse o ladrão que tinha a atendente da loja. Ele parecia ligeiramente mais velho que os demais, com a barba cerrada e os olhos vermelhos pela adrenalina.

— Já estou terminando, chefe. Falta só pegar uns doces aqui — disse o outro assaltante, com sarcasmo. Era um jovem alto e magro, provavelmente uma espécie de aprendiz do grupo.

Então, o chefe olhou para a garota no chão e viu de relance o brilho de um anel de ouro.

— Ora, ora, vejam só o que temos aqui... — disse ele, puxando a garota pelo pulso. — Que beleza de anel.

— Por favor, não! Leve tudo, pode ficar com o que quiser, eu nem vou chamar a polícia. Mas não leve meu anel, por favor, é a única lembrança que tenho de meu falecido pai.

— Cale a boca! — disse o barbudo, arrancando o anel. Em seguida, deu mais um murro na garota, dessa vez atingindo seu estômago.

Foi nessa hora que eles se assustaram com um estrondo, e quando olharam para trás, viram o ladrão da cicatriz sendo lançado pela vitrine, que se partia em mil pedaços. Atrás dele, andando lentamente, surgiu uma criança, um garotinho aparentemente nerd, com seus óculos circulares. Isso mesmo: Akio!

— Chefe... — disse o assaltante ferido, enquanto cuspia sangue. — Fuja! Esse garoto não é normal.

— Jamais! — berrou o barbudo, dando um chute na boca do companheiro que gemia de dor no chão. — Não vou deixar que um moleque atrapalhe meu trabalho.

— Eu daria algumas opções a vocês, mas a minha paciência já acabou — disse Akio, enquanto estalava os dedos. Pelo cálculo dele, o assaltante conseguiria talvez dar apenas um tiro, antes de ser atingido pelo seu golpe.

Akio correu em direção a ele, que, como previsto, disparou o revólver. O estampido do tiro ecoou pela pequena loja de conveniências. E a trajetória daquela bala decidiria a vitória ou a derrota de Akio. O garoto, no entanto, foi rápido o suficiente para chutar uma lata para cima e se esquivar da rota da bala.

Akio encarava os olhos vermelhos do chefe da quadrilha, que não conseguia acreditar na velocidade do garoto. Os óculos arredondados de Akio brilharam, refletindo a luz das lâmpadas de neon da loja, e em um movimento rápido e preciso, ele girou no ar, acertando um chute na cabeça do inimigo e derrubando-o no chão. O golpe foi tão intenso que fez um barulho quase tão ensurdecedor quanto o disparo. A sensação que ficou foi a de que o crânio do assaltante havia se partido.

O bandido magrelo, que observava tudo atônito, ajoelhou-se e implorou misericórdia ao garoto pequeno e franzino. Mas era tarde demais. Akio viu naquela cena o reflexo de sua própria história, o reflexo de seu passado. *Homens grandes e covardes, abusando de uma mulher indefesa? Isso não vai ficar impune, não dessa vez!*, ele pensou.

E, antes que ele pudesse ceder ao desejo de misericórdia, seu corpo agiu. Um soco certeiro, na garganta, o suficiente para finalizar o magrelo, que caiu no chão desacordado. Que golpe, que força! Quando o inimigo estava finalmente no chão, Akio se deu conta de que ele também estava segurando uma arma, antes escondida. Se Akio tivesse hesitado, talvez não estivesse vivo naquele instante.

O garoto tirou os óculos, limpou-os na blusa e foi ao encontro da garota, com um sorriso doce.

— Está tudo bem? Você está muito machucada?

— Não, estou bem, obrigada! — ela disse, mesmo com algumas feridas visíveis e lágrimas escorrendo pelo rosto.

— Vou levar esse refrigerante, por favor. Tome aqui o dinheiro e pode ficar com o troco. Amanhã mando algumas pessoas aqui para ajudar você com esse prejuízo na loja.

— Obrigada! Mil vezes obrigada! Você por acaso é um anjo?

— Nada disso, sou apenas uma criança com vontade de tomar refrigerante. Tchau!

Assim que colocou os pés fora da loja, seu corpo tremia por completo. *O que está acontecendo?*, ele pensou, enquanto abria a lata e bebia todo o conteúdo dela em instantes, até a última gota. Assim que terminou, ele jogou a lata na lixeira e seguiu de volta em direção à mansão.

Akio fez todo o caminho praticamente sem perceber. Quando chegou à mansão de Ikkei, ele ainda estava tremendo bastante. A adrenalina tinha tomado conta de seu corpo. Assim que entrou, ele se sentou no sofá e só então desabou em lágrimas.

Aquela batalha o lembrou de quando não foi capaz de fazer nada por sua família. Mas agora as coisas eram diferentes, não era mais um garoto indefeso. Nunca mais, pelo menos não em sua frente, ele permitiria um abuso como aquele.

— Akio, você precisa de alguma coisa? — O mordomo Okamoto tinha aparecido ali de repente. Ele parecia preocupado com o estado do rapaz.

— Não se preocupe, senhor Okamoto, estou bem. São apenas algumas lembranças dolorosas.

— Entendo. Nem sempre é possível guardar tudo para si o tempo todo. Chega um momento em que precisamos colocar para fora, não é verdade?

Akio olhou para o mordomo. Eles já haviam trocado algumas palavras, durante esse tempo todo na mansão, entretanto, o garoto nunca tinha parado para prestar atenção, de fato, nas palavras de Okamoto. Agora, aquele senhor parecia muito mais sábio do que antes, como se o peso de toda uma vida encarando dificuldades e sofrimentos trouxesse a ele a sabedoria de séculos e séculos.

— É isso mesmo. Parece que você entende bem o que eu sinto... — disse o garoto, enfim, enxugando as lágrimas com a manga da camisa.

— Pois é, um homem velho como eu precisa guardar segredos, alguns que nem mesmo seus poderosos amigos seriam capazes de compreender. — Os dois ficaram alguns momentos em silêncio. Os olhos do mordomo eram uma mistura de brilho intenso, típico de alguém muito mais jovem, e do nevoeiro repleto de mistérios trazidos por tantas experiências de vida. Depois de um tempo, o velho quebrou o silêncio: — Boa noite, Akio. Se precisar de algo, sabe onde me encontrar.

O mordomo já estava de saída quando Akio gritou:
— Espere, senhor Okamoto!
— Diga.

Akio sentiu vontade de saber mais sobre a vida do mordomo. Ele queria entender de onde vinham aqueles olhos de sabedoria, de onde vinha a sensação de que aquele homem tinha passado pelos mais cruéis sofrimentos em sua vida. Akio queria compreender tudo, mas, por fim, decidiu não perguntar nada, e apenas disse:
— Sabe aquela loja de conveniência em que às vezes vou buscar refrigerante? Então, eu acabei causando uma confusão por lá... e também um pouco de prejuízo — ele disse entre os dentes, com um sorriso sem graça. — Você poderia ir amanhã até lá para tentar dar um jeito nas coisas para mim?

— Claro que sim! Esses jovens de hoje em dia, sempre entrando em confusões... — O mordomo deu uma piscadinha para Akio, e o garoto teve a sensação de que o velho sabia exatamente o que havia acontecido. — Não se preocupe, amanhã resolveremos tudo.

— Obrigado! Muito obrigado!

— Agora, tente descansar um pouco. Pelo que percebi, amanhã o dia será longo.

— Será mesmo. Boa noite, senhor Okamoto.

Depois da despedida, Akio subiu a escada que dava para o seu quarto. Aquela simples conversa com o mordomo, de alguma forma, tinha feito com que ele se sentisse muito mais leve. Era como se praticamente todos os seus problemas estivessem solucionados, o que não era, infelizmente, uma verdade.

Antes de deitar, Akio entrou no chuveiro. Depois de um tempo debaixo da água quente, seu corpo finalmente sentiu os efeitos da completa exaustão. Ele havia chegado a seu limite, tanto físico quanto emocional. Precisava descansar, pois o dia seguinte seria cheio e ele teria de estar preparado. Não podia desapontar seus amigos, muito menos seu planeta.

Poucos segundos depois de deitar na cama, Akio já estava mergulhado em um sono profundo.

BEM-VINDO

# 5

## FAMÍLIA

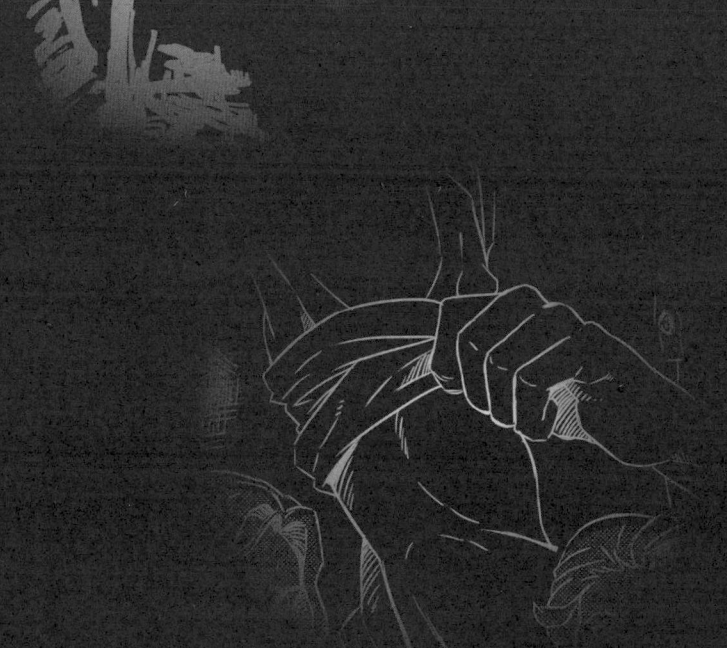

ERAM DEZ HORAS DA MANHÃ. O sol castigava a região do Cairo, no Egito. Um homem misterioso apareceu para assumir o cargo de diretor do Centro de Estudos e Tratamentos depois dos estranhos acontecimentos que levaram ao desaparecimento do diretor Dave Miller.

O homem caminhava a passos lentos, mas firmes, em direção a seu novo escritório. Seu rosto era severo, determinado, e os funcionários do CET olhavam para ele com um misto de curiosidade e apreensão. O novo diretor, porém, parecia não notar a presença das pessoas ali, observando pelas janelas do corredor os homens que trabalhavam para consertar o portão destroçado por uma explosão.

Seu nome era Yamamoto Kizashi.

Como seu antecessor, o capitão hakai estava prestes a assumir o disfarce como responsável pelo CET e então conquistar seu real objetivo: vingança.

— Senhor Yamamoto, seja bem-vindo ao CET.

Um rapaz se colocou diante do capitão, interrompendo o caminhar do novo diretor. Eles trocaram um breve olhar, até que o jovem se aproximou e sussurrou:

— Vou apresentar o complexo ao senhor, capitão. Sou o tenente Ito Yuri, do exército hakai, e estou a seu dispor para iniciarmos as buscas.

— Ótimo! — O capitão não parecia muito preocupado em esconder sua verdadeira identidade dos demais. Ele falava em voz alta, com determinação. — Não tenho tempo para ficar aqui brincando de médico. Reúna os outros tenentes, imediatamente.

— Sim, senhor. Vou levá-lo até a sala de reuniões e então convocarei todos os outros.

Ao entrar na sala indicada pelo tenente, o capitão Yamamoto se assustou com o luxo exagerado do local. *O que significa isso?*, pensou ele. *Uma estrutura luxuosa como essa, apenas para ocultar nossa estadia nesse planeta? Que coisa mais desnecessária.*

Pouco tempo depois, no entanto, o tenente Ito estava de volta. Com ele chegaram mais dois oficiais, que entraram na sala em silêncio e aguardaram imóveis as ordens do capitão antes de tomar qualquer atitude.

— Fiquem à vontade, senhores.

— Para evitar chamar atenção, capitão, agimos como os humanos comuns aqui no CET. Mas gostaríamos de dizer que para nós é uma honra estar em sua presença — comentou um dos tenentes que havia chegado.

— Sabemos como o senhor é renomado, e muitos de nós já conhecíamos seus feitos antes mesmo de entrarmos para as tropas hakai. O único capitão com força de general. Para mim é um privilégio estar junto ao senhor — disse o outro.

— Pois saibam que eu não tenho interesse nenhum nesses elogios que vocês estão rasgando para mim, muito menos em ficar parado aqui, usufruindo dessa sala luxuosa que em breve será destruída. — O capitão Yamamoto indicou as cadeiras com a mão, gesto interpretado pelos tenentes como uma ordem para que se sentassem. Quando todos já estavam acomodados, ele continuou:

— Tenente Yuri...

— Sim, senhor!

— Quero que descubram onde posso encontrar os humanos que nos causaram tantos problemas aqui. Eu preciso descobrir todos os detalhes relacionados à morte do capitão aqui no Egito. Para além disso, e acima de tudo, quero estar frente a frente com o assassino do tenente Ogawa, meu grande amigo. Preciso que as investigações por aqui sejam breves.

— Já enviamos soldados para fazer uma sondagem, senhor. Esses humanos parecem perigosos, pelos relatos que chegaram até nós. Talvez seja melhor ficarmos aqui, para ajudá-lo caso alguém apareça.

— Hahaha! — O capitão riu com escárnio. — Pelo visto o tempo que já passaram neste planeta realmente fez mal a vocês. Será que vocês são mesmo capazes de me proteger? — ele perguntou com deboche. — O que acham de eu desafiá-los para uma batalha? Onde poderíamos fazer isso?

— Senhor, mil desculpas. Não foi minha intenção diminuí-lo.

— Entendo... — disse o capitão, ainda sorrindo. Ele olhou os três homens ali reunidos. Eram jovens, claro, mas não podia lhes tirar o mérito de serem tenentes experientes do exército hakai. E, além do mais, pareciam de fato possuir habilidades, poderes... e uma boa dose de ambição. No entanto, uma batalha agora, além de passar-lhes uma lição, poderia ser uma boa oportunidade de treinamento. Yamamoto pareceu pensar por alguns segundos, avaliando os prós e os contras de tornar seu desafio uma realidade, mas logo decidiu: — Mas isso é uma ordem. Quero desafiá-los em uma batalha.

O tenente Yuri engoliu em seco, mas se manteve firme. O capitão gostou disso.

— Temos uma ala especial aqui no Centro, senhor, onde costumamos treinar sem que os humanos percebam.

— Perfeito, vamos lá.

Os quatro atravessaram todo o complexo, até chegarem a uma portinha, no final de um longo corredor. Ela poderia ser facilmente confundida com um armário de vassouras ou uma despensa reservada ao pessoal da manutenção.

— Somente quem tem sangue hakai é capaz de abrir essa porta. Criamos uma tecnologia que lê o nosso DNA, evitando a entrada de humanos — disse o tenente Ito Yuri. — Mas ela tem essa aparência simples assim para evitar curiosos, como o senhor deve imaginar.

O tenente abriu a porta, e eles se depararam com um enorme salão equipado para treinamento. No canto oposto, havia um grupo de soldados se exercitando. Havia também todo tipo de armas. Ia muito além de uma simples sala de projeções holográficas. Qualquer um, poderoso ou não, poderia facilmente acabar morto ali, se não tomasse cuidado ou cometesse alguma falha durante o uso de suas habilidades.

O capitão tirou a gravata e o paletó que vestia, figurino de seu disfarce, colocou-os no chão e dobrou a manga da camisa. Os tenentes, por sua vez, como se disfarçavam de cientistas, tiraram seus jalecos e se aprontaram para o combate. Eram três contra um, mas certamente não era Yamamoto o mais apreensivo naquele salão.

O capitão ajustou um cronômetro no painel de controle ao lado, programado para um minuto. Então, enfiou as mãos nos bolsos e disse:

— Não vou usar as mãos, para que vocês tenham alguma vantagem. Se vocês levarem mais de um minuto para me acertar um golpe, isso significa que preciso de mais proteção.

Naquele momento a contagem regressiva do cronômetro já estava em quarenta e nove segundos.

— Podem vir! — desafiou Kizashi Yamamoto.

E, então, os tenentes partiram para cima do capitão. A velocidade daqueles hakai, membros da elite do exército imperial, era impressionante. Não eram tão poderosos quanto Ogawa, mas estavam em três. E mesmo um capitão comum teria dificuldades para se defender.

Quando se aproximaram o suficiente, como em um *flash*, Yamamoto apenas esboçou um leve sorriso. Sem se mexer, ele disse, com tranquilidade.

— Novatos...

Tudo aconteceu em um piscar de olhos. Em incríveis sete segundos, o capitão Yamamoto deixou os três tenentes desacordados. Os soldados no lado oposto do salão mal foram capazes de enxergar os golpes do capitão e ficaram pasmos com o que tinha acabado de acontecer. Os múrmurios de medo e admiração preencheram o lugar.

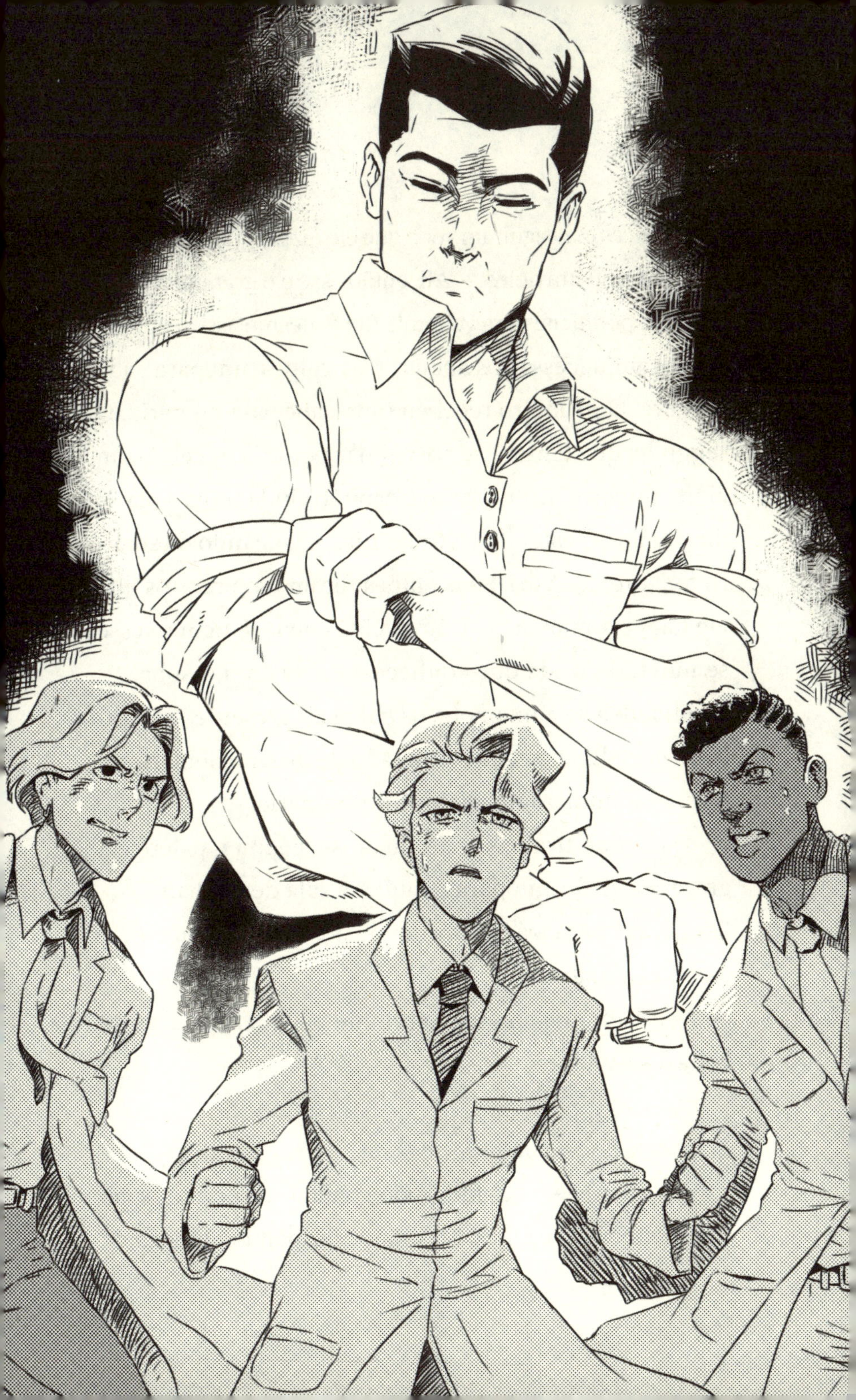

— Vocês conseguiram ver o que ele fez? O que aconteceu? — perguntou um deles. — Ah, então esse é o grande capitão, que tem potencial para general? Ele é mesmo assustador!

Foram necessários apenas três golpes, um para cada tenente. O primeiro recebeu uma cabeçada no nariz. O segundo, que tentava se aproximar por trás, recebeu um chute no rosto. E, enquanto o capitão ainda tinha a perna direita no ar, estendeu a esquerda, alcançando o terceiro tenente, Ito Yuri. Seus golpes foram tão precisos que ele logo retomou a posição inicial, como se nem tivesse se movido. Ainda que conhecessem as lendas sobre as habilidades de Yamamoto, os hakai ali presentes não sabiam que alguns séculos atrás aquele mesmo homem era o general número um de todo seu império.

O capitão tirou as mãos do bolso, pegou o paletó e a gravata e se dirigiu para a saída da sala de treinamento. Sem olhar para trás, ele ordenou aos soldados que permaneciam imóveis:

— Assim que eles estiverem de pé, quero os três de volta à sala de reuniões.

*Enquanto isso na mansão de Ikkei...*

— Vamos lá! — exclamou Akio, confiante. A noite de sono havia feito bem ao rapaz. Ele estava feliz por ter conseguido implementar todas as modificações no sistema de treinamento tão rapidamente. — Vocês já podem começar os testes.

— Finalmente! — gritaram todos, menos Ikkei.

Os garotos já estavam no Hexagonal, esperando ansiosos pelo início dos treinos, após um rápido café da manhã.

— Demorou mais do que devia — resmungou Ikkei.

Akio apenas revirou os olhos, como reação ao mau humor do colega, e caminhou na direção do painel de controle, onde apertou alguns botões.

— Vou só mostrar para o professor Nagata como tudo funciona e logo poderemos começar.

Todos concordaram e, assim que o professor se aprontou e fez um sinal de positivo, os testes foram iniciados.

Katsuma deu um passo à frente. Depois de tanto tempo desacordado, ele se sentia em uma espécie de débito com os colegas. Era como se ele tivesse ficado para trás nos treinamentos e agora precisasse eliminar o prejuízo.

No entanto, antes que Katsuma assumisse seu lugar na câmara de testes, o professor interferiu.

— Iyo, você primeiro.

— Tudo bem, professor! — respondeu ela.

Katsuma voltou para onde os demais garotos estavam. No fundo, ele estava supercurioso para saber o que Iyo mais amava nesse mundo.

O teste era simples: o conectado colocava um capacete especialmente projetado por Akio e usava o máximo de sua força em uma batalha simulada.

Então, Iyo entrou na câmara e começou seu treinamento. A garota era ágil e forte, e Katsuma pensou que aqueles dias a mais tinham realmente a deixado ainda mais poderosa. Ele observava boquiaberto enquanto Iyo eliminava seus oponentes, um a um.

Ao final, o professor analisou os dados coletados pelo capacete de Iyo. A expectativa era grande, pois ninguém sabia se aquilo iria realmente funcionar.

Porém, tudo correu como o esperado.

— Ora, ora, posso ver aqui que sua motivação é nobre, Iyo. Você quer proteger seus amigos e a Terra. É esse desejo que controla sua conexão perfeita — disse o professor, arrancando um sorriso da garota.

Katsuma, no entanto, percebeu que Iyo lançou um breve olhar na direção dele, baixando a cabeça logo em seguida. *Ela ficou envergonhada ou eu estou imaginando coisas?*, pensou Katsuma.

— Professor — disse Akio —, acho que Mieko não precisa fazer o teste. Ela já domina a conexão perfeita e já nos explicou quais são as motivações. Também acho que não vale a pena tentarmos com Red, já que dificilmente conseguiríamos decifrar sua mente animal.

Katsuma percorreu o Hexagonal com os olhos. Dos seis conectados que ele conhecia, faltavam passar pelo teste apenas ele mesmo e Ikkei, já que o tal de Anúbis não estava presente. Nesse momento, ele se lembrou de que precisava perguntar a Akio a respeito do sétimo conectado. Mas antes que ele pudesse dizer qualquer coisa, o professor o chamou:

— Venha, Katsuma, está na sua vez.

— Acho que não precisa, professor, eu já consegui fazer a conexão perfeita e imagino que não terei dificuldades para realizá-la de novo — disse ele, com o rosto completamente vermelho de vergonha, já que sabia o resultado. Seu medo era que Iyo descobrisse que sua maior motivação era o amor que ele sentia por ela.

— Venha logo, Katsuma! Precisamos nos certificar de tudo, e não temos o dia todo — gritou o professor.

— Vai logo, idiota! — insistiu Ikkei.

— Quem você está chamando de idiota?

— Pronto, agora sim tudo voltou ao normal entre esses dois — disse Akio, dando risadas.

— Quem esse playboyzinho pensa que é, hein? — resmungava Katsuma, enquanto colocava o capacete.

Logo depois, a simulação começou. Ela seguia o padrão das simulações de treinamento comum, a única diferença era o capacete, que, além de analisar os desejos do usuário, identificava também seus limites de poder. E com essa informação ficava muito mais fácil definir o nível dos monstros que apareceriam na batalha. "Nível de poder calculado", disse a voz robótica do Hexagonal.

Quando todos olharam para o marcador, viram em choque que estava no nível trinta.

— Não é possível! — exclamou Iyo.

Aquele era um nível alto demais não apenas para Katsuma, mas para qualquer um deles ali presentes. Mesmo em uma batalha simulada em grupo, Katsuma estaria em um nível alto demais, fazendo com que ele próprio corresse sério perigo.

— Aborte, professor! — pediu Iyo.

O professor hesitou por alguns instantes. Ele sabia que aquele era um nível praticamente impossível, mas também sabia que não haveria uma segunda chance em uma batalha contra um hakai poderoso.

— Não, Iyo — ele disse, enfim. — Vamos confiar na tecnologia criada por Akio.

A simulação começou. Monstro após monstro, Katsuma lutava intensamente, dando o seu máximo. Mas, mesmo com todo o seu poder, com todas as suas habilidades, aquilo não era o suficiente, pois ele claramente estava perdendo a batalha. Do lado de fora, seus companheiros acompanhavam tudo, apreensivos.

De repente, o capacete começou a ler os desejos de Katsuma e a entender suas intenções. Em meio à simulação, no centro da sala de treinamento, apareceu uma imagem de Iyo sendo torturada por um hakai.

— NÃÃÃO! — Katsuma gritou com fúria.

Naquele mesmo instante, ele estabeleceu a conexão perfeita novamente. Porém, antes que ele pudesse atacar, a simulação se desfez.

— Análise concluída — anunciou a voz metálica.

Então, Katsuma caiu de joelhos, com a respiração ofegante, enquanto voltava lentamente à sua forma natural.

— Já temos aqui a conclusão — disse o professor, checando os dados no monitor do painel de controle. — O desejo maior de Katsuma é proteger...

— Não diga nada! — berrou Katsuma, correndo em direção ao professor Nagata. — Me dê isso aqui!

Então, ele virou o monitor em sua direção.

"Iyo" era a palavra que completava a frase.

— Eu já sabia disso, professor. Mas espero que fique só entre nós — disse Katsuma em voz baixa e com as bochechas mais vermelhas do que nunca.

— Sem problemas — respondeu Nagata, sorrindo, enquanto ajustava os óculos.

Os demais olhavam incrédulos para Katsuma e o professor, mas não ousaram perguntar o resultado. Se queriam manter em segredo, que assim fosse.

Agora, era a vez de Ikkei. Mantendo a seriedade de sempre, o garoto colocou o capacete e entrou na sala. O nível identificado foi o vinte e três. Era menor que o de Katsuma, mas ainda assim impressionante... e perigoso.

A batalha começou. A cada golpe, a cada situação, a tecnologia criada por Akio buscava dentro de Ikkei o desejo de proteger alguma coisa ou alguém. Todo tipo de teste possível foi realizado e todo tipo de simulação foi experimentado.

O treinamento do garoto já ultrapassava uma hora e meia de duração, e Ikkei estava exausto. Então, quando ele estava prestes a pedir que o professor fizesse uma pausa, a simulação finalizou sozinha. "Análise sem conclusão", repetia a voz robótica.

Todos estavam de olhos arregalados, encarando o painel de controle.

— O que isso quer dizer? — Katsuma finalmente perguntou para Akio e o professor.

— Tudo indica que ele não tem nenhuma força que o motive... — respondeu Nagata, com cautela.

Todos voltaram seus olhos para Ikkei. O rapaz, então, foi em direção à porta da sala, sem olhar para ninguém. Antes que ele saísse, Mieko segurou seu braço.

— O que aconteceu? — ela perguntou.

— Não interessa! — Ikkei puxou o braço, livrando-se da menina, e se dirigiu com passos firmes para a saída do Hexagonal.

— Acredito que ele não tenha mais desejo de proteger nada nem ninguém — afirmou o professor, quando Ikkei já havia fechado a porta atrás de si. — As pessoas mais importantes para ele se foram.

Ainda chocados com os resultados, todos ficaram paralisados. Menos Katsuma, que correu na direção da porta, abrindo-a novamente. Ikkei estava lá, caminhando para dentro da mansão.

— Por que você me chamou de amigo? — gritou Katsuma.

Ikkei não olhou para trás, mas respondeu:

— Cala a boca, seu idiota!

— Saiba que todos nós somos seus amigos, Ikkei! — insistiu Katsuma. Ele tinha raiva em suas palavras, mas também um pouco de súplica. O garoto queria que Ikkei compreendesse aquilo. Ele tinha que compreender.

— Aliás, mais do que amigos, Ikkei, nós somos uma família. Não importa o passado de cada um aqui, não interessa. Você pode contar comigo sempre que precisar!

— Cala a boca, imbecil! Você não sabe nada sobre a minha vida.

— Eu sei que sua irmã não gostaria de vê-lo nessa situação!

Nesse momento, Ikkei parou, e então deu meia-volta, a fúria cobrindo seus olhos como uma névoa. Ele correu em direção a Katsuma e deu um soco no garoto.

Katsuma aguentou o golpe de pé, sem revidar.

— Pode bater o quanto quiser, se isso faz com que você fique mais feliz. Vamos lá, bata! Eu aguento. Afinal, é para isso que serve uma família.

Mesmo cheio de ódio, Katsuma controlou suas ações, pois sabia da situação do companheiro. Além disso, ele também tinha plena consciência de que precisava da ajuda de Ikkei. Sem ele, eles nunca seriam capazes de vencer.

Pouco depois, Ikkei virou as costas para Katsuma. Ninguém ali viu, mas seus olhos estavam repletos de lágrimas.

*Quem esse idiota pensa que sou? De onde ele tirou que somos amigos, ou pior, família?*, pensava ele.

Ikkei subiu para o quarto. Sozinho, sentou-se na cama e pegou uma foto de sua irmã. Enquanto olhava para a imagem da garota, ele finalmente se permitiu chorar. Ele sabia por que o capacete não tinha conseguido analisá-lo. Ele sabia que não era apenas porque ele não tinha nada nem ninguém que desejasse proteger. Sabia que era porque, no momento em que sua irmã morreu, naquele mesmo instante, sua alma morrera junto.

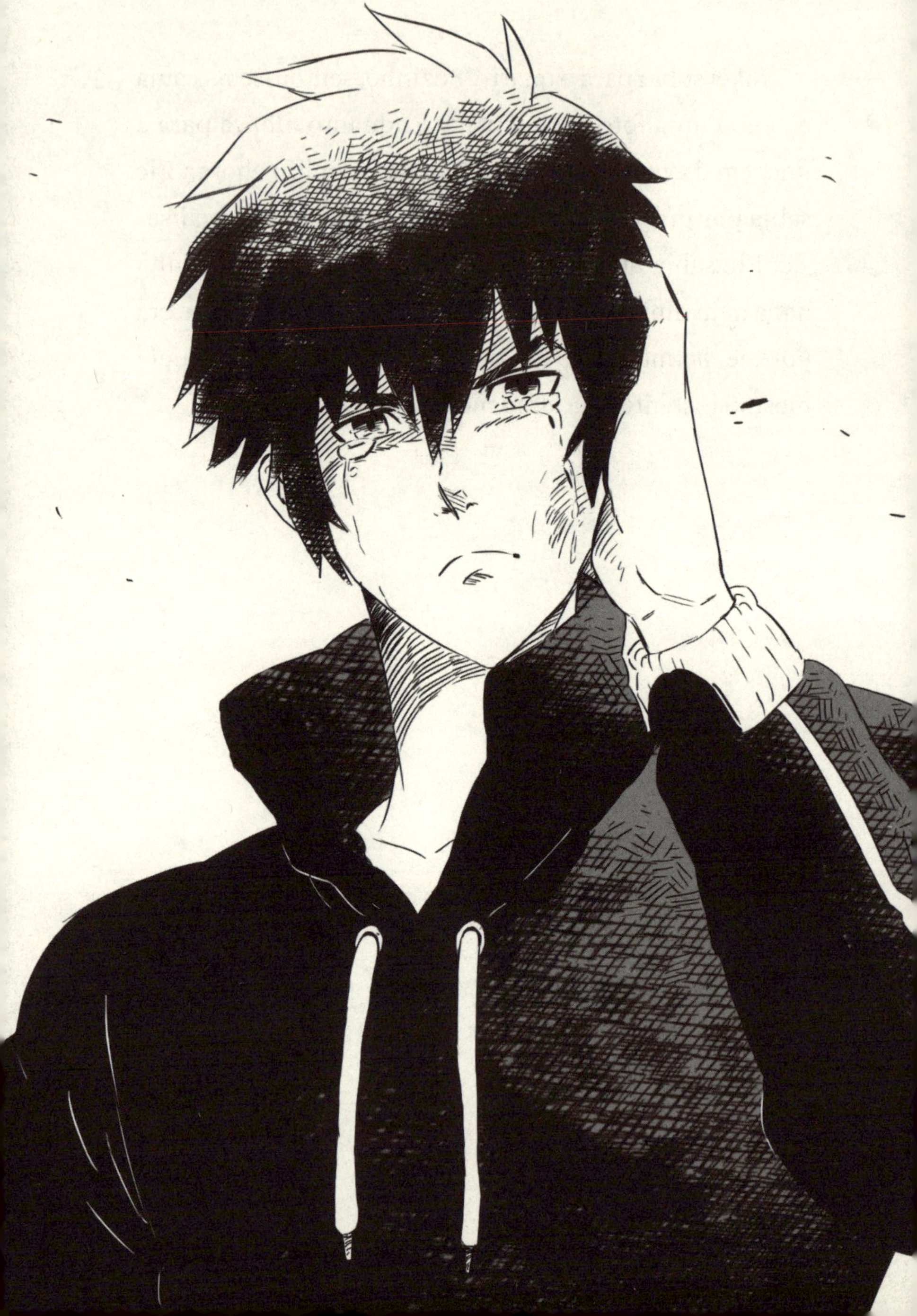

# 6

## IDIOTA?

No complexo do Centro de Estudos e Tratamentos, no Cairo, o capitão Yamamoto ficava cada vez mais impaciente. Seus tenentes não haviam sido capazes de localizar os responsáveis pela morte do membro do exército hakai ocorrida naquele mesmo prédio. Tudo o que sabiam é que se tratava de uma dupla de humanos. Mas como eles tinham conseguido fugir? E para onde tinham ido?

Como tudo o que o capitão mais desejava era vingar a morte de seu aprendiz, essas eram as dúvidas que precisavam ser resolvidas com prioridade. Yamamoto já havia recebido, mais cedo, um relatório da Inteligência hakai dizendo que eles tinham conseguido rastrear a localização do ataque ao tenente Ogawa.

O capitão sentia a angústia e a impaciência em seu peito, e tudo o que ele queria era sair dali, para longe daquele centro tão cheio de luxos desnecessários. *Essa vaidade me enoja. Não combina com o poder dos hakai. Temos um compromisso com o equilíbrio do Universo, não somos uma simples raça de seres superiores que desejam a glória acima de tudo,* pensava ele.

De uma coisa estava decidido: permaneceria ali até que o paradeiro dos dois humanos fosse descoberto. E, por via das dúvidas, enviaria não apenas um, mas os três tenentes ao local indicado pela Inteligência. Seria o suficiente, já que, de acordo com o mesmo relatório, era apenas uma casa que hospedava adolescentes.

Com voz imponente, ele falou:

— Senhores, nós temos a localização da morte do tenente Ogawa. Quero que vocês três se encaminhem para lá e analisem a força do adversário.

— Mas, senhor — disse o tenente Ito Yuri —, com todo respeito, sabemos que o relatório apontou uma casa onde moram algumas crianças, imagino que esteja errado. Não acredito que alguns garotos seriam capazes de matar um hakai. Não seria mais prudente ficarmos aqui, a seu lado, enquanto...

— O mais prudente seria que você não abrisse mais a boca, tenente. Eu o derrotei em segundos! Aliás, derrotei vocês três! Ogawa era meu aprendiz mais próximo, e a força dele superava em muito a de vocês, pode ter certeza. Mesmo assim, de alguma forma ele foi derrotado. E por que você se considera superior a ele?

— Me desculpe, capitão, não foi minha intenção menosprezar seu amigo. Nós três seguiremos para lá e acredito que seremos o suficiente.

— Não importa o que você pensa. Não devemos subestimar esses garotos. Ao menos, não até sabermos do que eles são realmente capazes. Quero vocês lá apenas com a missão de investigar e extrair informações. Evitem qualquer conflito. A diferença entre vencedores e perdedores está no excesso de soberba. Pensei que nossa batalha na sala de treinamentos houvesse ensinado isso a vocês.

— Sim, senhor! — afirmaram os três em uníssono.

— Vocês estão dispensados. Quero que a missão comece imediatamente após o almoço.

Assim como ordenado, os tenentes finalizaram a refeição e foram para o aeroporto, voar em direção ao Japão. A aeronave era rápida, de alta tecnologia, e em quatro horas eles já estariam em Tóquio.

*Enquanto isso na mansão de Ikkei...*

— AHHH! — gritava Katsuma, treinando ao lado de seus companheiros no Hexagonal.

Ele e Mieko estavam com a conexão perfeita ativada. Depois da verdadeira batalha que enfrentaram, tanto ele quanto ela já conseguiam ativar o poder com tranquilidade, apesar de Katsuma ainda não conseguir mantê-la por muito tempo. Quando, enfim, a batalha simulada terminou, Mieko elogiou o amigo.

— Você está indo muito bem, Katsuma, continue assim.

— Hum, obrigado — ele repondeu, constrangido.

Iyo ouviu o elogio que a garota fez a Katsuma, e, mesmo não querendo assumir para si mesma, sentiu um pouco de ciúmes.

Quando estavam todos do lado de fora do Hexagonal, Iyo se aproximou devagar de Mieko e tocou o ombro da companheira, chamando sua atenção.

— Mieko — ela disse —, podemos conversar um pouco?

— Claro, Iyo.

As duas se sentaram em um dos bancos do pátio externo.

— Eu queria te pedir uma dica. Mesmo sabendo, na teoria, o que é preciso fazer, não consigo estabelecer a conexão perfeita na prática. O que será que estou fazendo de errado?

— Bom, pelo que percebi, você quer defender não só seus amigos, mas também a Terra como um todo, correto?

— Sim, isso mesmo.

— Mas não é a Terra exatamente que você quer proteger, imagino eu, mas sim as pessoas que nela habitam, certo?

— Exatamente, Mieko. São as pessoas.

— Então, feche os olhos. Tente pensar em crianças felizes nos parques e nas famílias que se unem para jantar.

Imagine amigos passeando alegres, casais de namorados se divertindo.

— Está bem! — disse Iyo, agora de olhos fechados, imaginando todas aquelas cenas.

— Agora, imagine as naves hakai chegando no céu. Seus ataques assassinam as crianças, que agora estão caídas no chão e banhadas em sangue. Todas aquelas famílias felizes são dizimadas, os parques são destruídos e na superfície da Terra só resta o caos. Uma cena de horror, Iyo. Horror, morte, destruição. Não há mais alegria, não há mais sorrisos. A única coisa que se pode ver é sangue.

— Não! — Iyo gritou, em lágrimas. — Eu não quero que isso aconteça.

— Esse é o espírito, Iyo! Venha, vamos treinar uma última vez.

Ainda com as imagens de caos e destruição em mente, Iyo entrou mais uma vez no Hexagonal, acompanhada de Mieko, e uma nova simulação teve início. Iyo quase não enxergava os inimigos, com a visão embaçada pelas lágrimas. *Preciso proteger a todos,* pensava ela. A cada flecha, a cada golpe, seus cabelos enormes balançavam, assim como o seu coração, que desejava, com todas as forças, proteger os seres do Planeta Azul, seu lar.

Em meio a toda essa emoção, ela foi envolvida por uma luz vermelha, que ficava mais intensa a cada instante. Assim como aconteceu com Katsuma e Mieko, Iyo se sentiu envolvida pelo poder. Seus cabelos flutuantes mudaram de cor, tomando tons avermelhados, seus olhos se preencheram com uma luz também vermelha, e seu arco de energia também mudou de cor, tornando-se completamente preto, assim como a flecha que ela disparou. A explosão de seu intenso ataque destruiu os inimigos na mesma hora e por completo. A conexão perfeita foi realizada! "Missão concluída", disse a voz robótica.

— É isso aí, Iyo! — exclamou Mieko, pulando de alegria.

— Eu só consegui graças a você, Mieko — agradeceu Iyo, ofegante, sorrindo por finalmente ter conseguido.

Depois da vitória, as duas garotas dispararam para fora do Hexagonal, rumo à mansão. Todos os outros estavam jogados no sofá, descansando do treinamento. Iyo entrou de uma só vez na sala, gritando:

— Eu consegui! Finalmente consegui! — Imediatamente os olhares se voltaram para ela. — A conexão perfeita, eu fiz, eu fiz!

— Que maravilha! — exclamou o professor. — Vamos voltar ao Hexagonal! Precisamos analisar os dados imediatamente.

— Parabéns, Iyo — disseram Akio e Katsuma.

Até mesmo o Red latiu e balançou o rabo, como se parabenizasse a garota.

Todos se dirigiram imediatamente de volta ao Hexagonal. Eles compartilhavam a sensação de que, nas últimas semanas, vinham passando mais tempo ali do que em qualquer outro lugar da mansão. Os treinamentos eram intensos, mas as emoções – e o medo de um ataque iminente – eram ainda mais fortes.

Akio acessou as gravações da batalha que Iyo e Mieko tinham acabado de travar e todos puderam ver a conexão perfeita de Iyo em holograma.

— Assim como aconteceu comigo e com a Mieko, seus cabelos, seus olhos e sua relíquia mudaram de cor — disse Katsuma. — Mieko assumiu tons dourados, eu, brancos e você, avermelhados.

— Só teve uma diferença, Katsuma — disse Akio. — O objeto dela não ficou vermelho como os cabelos e os olhos. O arco e a flecha de Iyo ficaram pretos.

— Sim, esse é um ponto interessante, sem dúvida — afirmou o professor —, mas o mais importante é que finalmente estamos entendendo melhor essa tal conexão perfeita. Fico muito feliz por você, Iyo.

Todos continuavam atentos ao holograma, encantados com os detalhes da batalha. Nesse momento, o professor chamou Iyo de lado.

— Iyo, depois mostre essas imagens ao Ikkei, quando ninguém estiver por perto, está bem? Tenho certeza de que servirá de motivação para ele. Acredito que, entre nós, você seja a pessoa por quem ele tem mais apreço. Talvez você o faça lembrar de sua irmã.

— Certo, professor! — Iyo disse, sorrindo, mas ainda ofegante de tanta animação.

— Hoje o treino foi melhor do que esperado — afirmou o professor, agora em voz alta, para todos. — Quanto a Ikkei, tenho certeza de que irá dar um jeito. Minha maior preocupação é o Red, afinal, seus dados mentais são impossíveis de ser interpretados.

— Fique tranquilo, professor — disse Akio, enquanto acariciava o cão —, o Red não é um cachorrinho comum. Não é mesmo, garotão?

— Au! Au! — Red latia como se estivesse entendendo toda a conversa.

— Certo, pessoal, vou dar uma passada na escola. Se precisarem de algo, é só chamar.

— Até mais, professor! — responderam em uníssono.

Enquanto o professor se afastava do grupo, Katsuma sentia seu peito explodir de orgulho. Iyo sempre havia sido uma garota extremamente poderosa. Agora, com a conexão perfeita, parecia imbatível.

— Ei, Iyo — ele chamou a amiga aproximando-se dela.

— Oi, Katsuma!

— Eu sabia que você conseguiria. Nunca vou esquecer o dia em que você salvou minha vida. Você é muito forte, muito mais do que podemos imaginar.

— Obrigada, Katsuma, mas acho que não é para tanto.

— Estou falando sério, Iyo. — Ele segurou as mãos da garota. — Você é a pessoa mais importante do mundo para mim.

Ela olhou para o lado, com o rosto completamente vermelho.

— Você também é importante para mim, Katsuma.

Akio, Mieko, o mordomo Fuyuki e até mesmo Red fitavam a cena. Quando Iyo e Katsuma perceberam, ficaram completamente sem jeito. Katsuma passou as mãos pelos cabelos, com um sorrisinho amarelo, e zarpou dali em direção a seu quarto.

— Vou ler um pouco, pessoal, até mais! — disse ele, já de costas para todos.

Iyo até tentou fingir que nada estava acontecendo, mas suas bochechas coradas diziam tudo, e os outros que estavam por ali caíram na gargalhada.

Retomando o fôlego, Akio decidiu quebrar o clima:

— Pessoal, vou levar o Red para passear. Já volto.

— Tudo bem, Akio — respondeu Mieko. — Aguardamos você aqui.

Assim, o grupo se dispersou, deixando Iyo sozinha, encarando a janela do quarto de Katsuma.

Em seu quarto, Katsuma só pensava nas palavras que acabara de ouvir de Iyo: "Você também é importante para mim, Katsuma".

De repente, alguém bateu na sua porta. Rapidamente, ele se ajeitou e foi abrir.

— Ikkei? — perguntou, surpreso.

— Qual o problema, garoto? Assustado de me ver aqui? Esqueceu que estou em minha própria casa?

— Não, não é nada disso. Pode entrar.

Os dois se sentaram na cama, e o silêncio tomou conta do ambiente por alguns segundos, que mais pareciam uma eternidade.

— Por muito tempo, pensei que meu maior desejo era proteger apenas a mim mesmo — desabafou Ikkei. — No entanto, há alguns meses, percebi que não quero proteger mais nada. Eu me sinto morto por dentro.

— Por que está me contando isso, Ikkei?

— Será que você não consegue calar a boca, idiota? Não percebe que estou me abrindo aqui?

— Hum, desculpe...

— Vejo que você é uma pessoa cheia de emoções, e que sempre expõe seus sentimentos. Mas o que posso fazer se não exponho meus desejos e sentimentos nem mesmo para mim? Talvez fosse melhor ser um idiota explosivo como você, pelo menos seria melhor do que me tornar um conectado incapaz.

Katsuma permaneceu em silêncio. Ele enxergava a dor e a frustração nos olhos de Ikkei, mas não conseguia encontrar as palavras certas, aquelas que poderiam de fato consolar o amigo. Ikkei se importava com alguma coisa, disso Katsuma sabia, mas não tinha ideia do que poderia ser. *Será que, nesse Universo inteiro, não há nada que Ikkei possa amar de verdade?*, Katsuma refletiu. Depois de mais alguns segundos, disse:

— Ikkei, você lembra que o equilíbrio do Universo já foi restaurado?

— O que isso tem a ver com meus sentimentos, garoto?

— Já pensou que, se o equilíbrio já foi restaurado, ele voltará a ser quebrado assim que os hakai destruírem o nosso planeta?

— Sim, mas o que isso quer dizer?

— Sempre vi você olhando para o céu, contemplando as estrelas e buscando as mais belas imagens do Universo em seu *laptop*. Pois saiba que toda essa imensidão depende de você.

Em silêncio, Ikkei se levantou. Ele andou em direção à porta, a abriu e disse:

— É, garoto. Talvez você não seja tão idiota assim — disse, fechando a porta atrás de si.

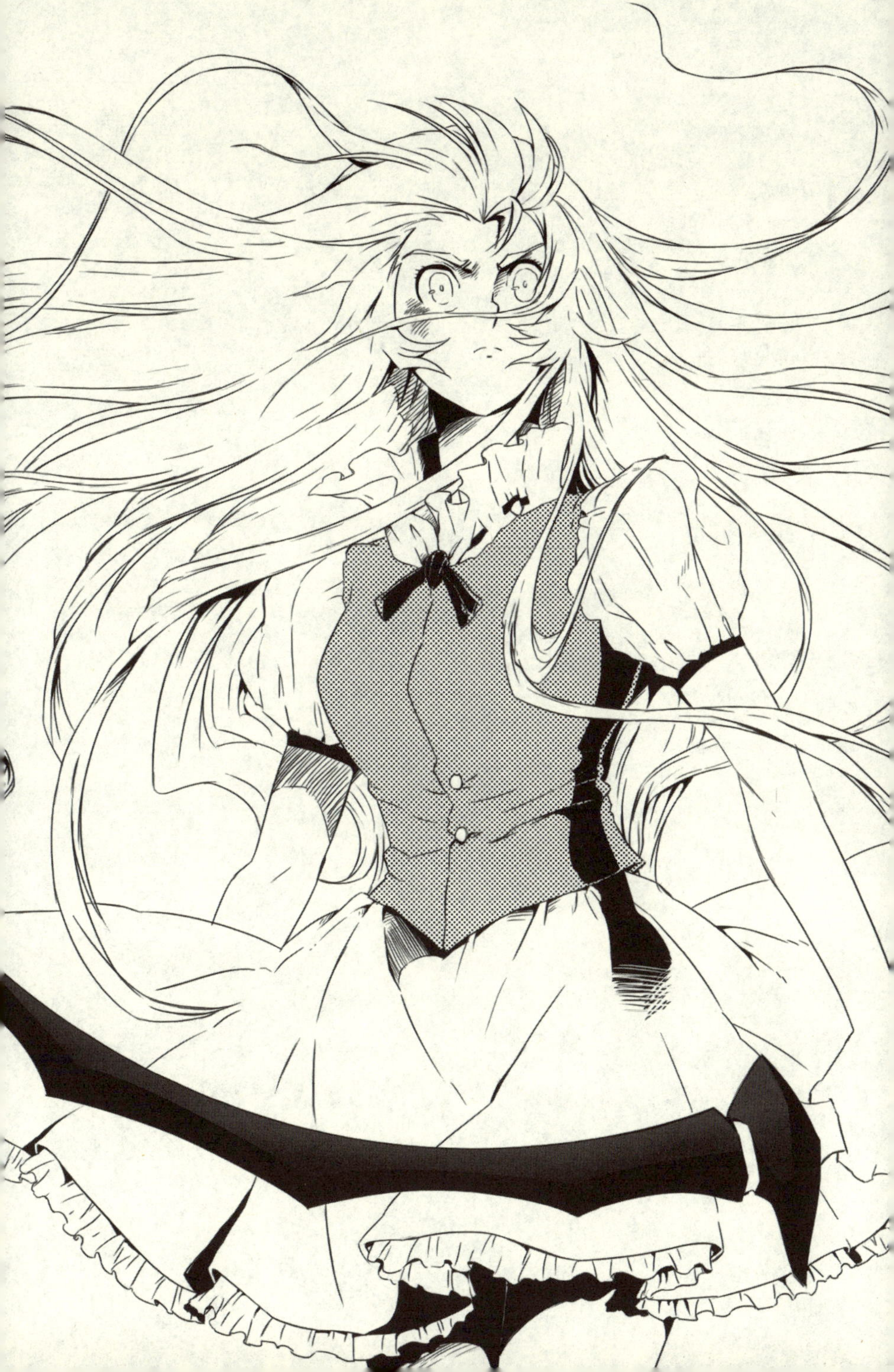

# 7

# DERROTA

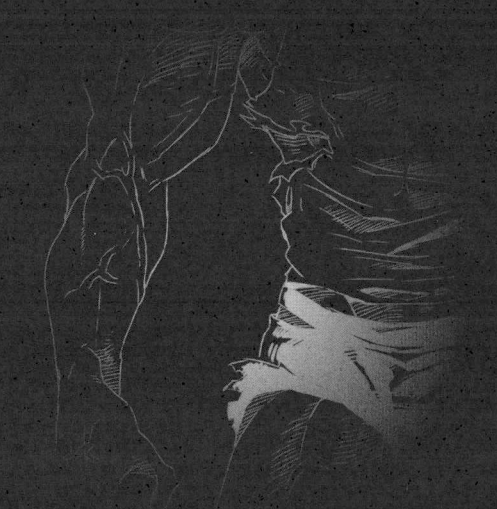

AKIO LEVOU RED PARA UM GRAMADO perto da mansão. Já estava anoitecendo, e a tonalidade alaranjada tomava uma parcela do céu, criando um *dégradé* até a parte mais escura. A noite vinha se aproximando com rapidez.

— Venha, Red! Tente me alcançar! — gritava o garoto, correndo e se divertindo com o cão.

— Au! Au! — latia de volta o animalzinho, correndo com a língua para fora.

Akio deitou na folhagem verde e contemplou o que ainda restava do pôr do sol.

*Que lindo!*, ele pensava.

Red logo se sentou a seu lado, mantendo o olhar na mesma direção.

De repente, Akio percebeu uma estranha movimentação. Ele segurou o cachorro e deu um salto para o lado, já assumindo uma postura defensiva. Ele virou a cabeça e viu a árvore, que antes estava a seu lado, sendo fatiada ao meio. Aterrissaram no chão três homens que agora caminhavam em sua direção. Claramente eram do exército hakai.

Sem trégua, os três avançaram em direção ao garoto, que tentou se defender, sem muito sucesso.

— E o capitão disse que nós, três tenentes experientes, deveríamos evitar conflito com eles? — riu um dos três homens. — O capitão Yamamoto estava claramente nos subestimando.

Imediatamente, Red estabeleceu a conexão. Os tenentes ficaram surpresos, mas ainda assim eram poderosos demais para considerarem aquilo uma ameaça real. Entre patadas brutais e tentativas de mordidas da fera conectada, a batalha continuou.

— Pelo visto, eles realmente guardam um segredinho — disse o tenente Yuro, ironizando os esforços de Red.

— Mas nada que não possamos resolver!

Os três atacaram juntos, em perfeita sincronia, levando em conta tudo aquilo que haviam aprendido nos treinamentos das tropas hakai. Um deles derrubou Akio, a essa altura já bastante ferido, e outro pulou de joelhos em sua barriga, fazendo com que ele gritasse de dor. Red, assim que viu que o amigo estava no chão, foi em sua defesa. Sua pata atingiu ambos os tenentes, mas, ainda assim, o golpe não foi forte o suficiente para vencê-los. Os latidos de Red agora eram fortes rugidos, um misto de dor e fúria. O animal mordeu o braço de um dos tenentes, mas, antes que a mordida pudesse causar uma ferida mais grave, o tenente Yuri veio em sua defesa, enfiando sua espada no pescoço do animal.

— RED! — gritou Akio, desesperado — NÃO!

Enquanto gritava, preocupado com seu cachorrinho, o garoto levou um chute na boca do tenente mais próximo.

— Preocupe-se com você primeiro.

Percebendo a grande ameaça a que o amigo estava submetido, Red mordeu a camisa de Akio e o lançou para longe, defendendo a vida de seu dono, ou melhor, de seu melhor amigo.

Os ataques continuaram sem cessar e os ganidos de Red ecoavam nos ouvidos de Akio, agora longe da batalha.

— Não! Red! — ele disse, entre lágrimas, ainda sem forças. — Não!

Akio, reunindo o pouco de energia que ainda lhe restava, correu em direção à luta, mesmo sabendo que não havia praticamente nada que ele pudesse fazer. As espadas dos tenentes penetravam a carne de Red, que voltou seu olhar para Akio, ao longe, correndo em sua direção.

*Não venha! Não venha!*, pensava ele. O olhar dócil de Red, daquele cachorrinho com aparência de monstro, parecia conversar com Akio.

O animal, então, caiu, recebendo o golpe final, quase simultaneamente com a chegada de Akio. A conexão se desfez e Red voltou a ser apenas um cachorrinho. Em prantos, Akio o pegou em seus braços.

— Não, Red, por quê?

Os tenentes, parados, assistiam à cena, entretidos com o sofrimento do pequeno garotinho. Não havia mais risco nenhum, eles não precisavam se esforçar para matar o garoto. Que ele chorasse pelo cãozinho, seria no mínimo divertido assistir.

O sol já tinha se posto, e o céu estava turvo e sombrio, tão diferente daquele belo cenário que Red e Akio contemplavam há tão pouco tempo.

— Red! Red! Fala comigo, amigão.

Ainda vivo, mas com a respiração cada vez mais fraca, Red tentou esfregar o focinho na coleira. Ainda sem forças, ele tentava transmitir uma mensagem a Akio.

*Use a coleira*, era o que seus olhos aparentavam dizer.

— Não, Red, ela é sua. Vai dar tudo certo, você vai ficar bem.

Mas não havia mais volta. Em poucos segundo, seu querido Red estava morto.

Chorando desesperado, Akio pegou a coleira e prendeu em seu braço.

— NÃÃÃO!!!

O grito de Akio estava banhado de dor e de sofrimento pela perda de seu melhor amigo. E, nesse momento, a conexão foi realizada.

Akio logo se transformou em um musculoso gigante. Em um movimento mais rápido que um raio, atingiu um dos tenentes, que ficou desacordado.

— O que está acontecendo? — perguntou o tenente Ito Yuri, mais para si mesmo que para o outro tenente que o acompanhava.

Incontrolável, Akio partiu para cima de dois deles, e os tenentes, com dificuldade, foram desviando dos ataques. Akio derrotaria os dois com facilidade, se não estivesse completamente fora de si. Mas a morte de seu amado Red acabou por descontrolar sua mente por completo, fazendo com que ele não fosse capaz de coordenar seus ataques de maneira efetiva.

Em meio aos ataques desordenados e às lágrimas, os tenentes se defendiam como podiam. Finalmente, uma espada entrou no abdômen de Akio, e o conectado caiu de joelhos. Com os olhos perdidos, ele viu um ataque superpoderoso, combinado entre os dois tenentes. Um deles vinha de cima, o outro se preparava para golpeá-lo de lado.

*Será que eu também acabo por aqui?*, ele pensou.

De repente, Ito Yuri, o tenente que vinha para atacá-lo por cima, ficou suspenso no ar. Ele agora flutuava a alguns metros da superfície.

— O que é isso?

O outro tenente também não compreendia o que estava acontecendo. Antes que pudesse chegar a qualquer conclusão, sentiu algo perfurando seu pescoço. O tenente morreu na hora. Ele foi atingido por uma espécie de lança de luz, que retornou imediatamente para a mão de uma mulher vestindo um jaleco.

— Doutora Murakami? — perguntou Akio, já sabendo a reposta. Então, em meio às lágrimas, ele abriu um sorriso. Ele sabia que estava salvo.

A dra. Murakami viu o corpo de Red no chão e compreendeu tudo o que havia acontecido ali. Então, ela voltou seus olhos brilhantes para o tenente Yuri, ainda atônito, flutuando a alguns metros do chão.

— Acabe logo com isso, Anúbis — ela ordenou.

— Sim, sensei!

Então, por trás da doutora, caminhando lentamente, com a mão estendida para cima, ele apareceu. O garoto vestia um moletom cinza e caminhava com a autoridade de alguém que já era capaz de controlar completamente seu poder. Era Anúbis quem estava segurando o tenente Yuri no ar. O hakai, nesse momento, permanecia completamente imobilizado pelo poder absoluto da mente do aluno de Murakami.

— Morra! — gritou Anúbis, enquanto fechava o punho, e o tenente explodiu em mil pedaços.

Nesse meio-tempo, o outro hakai, aquele que havia sido deixado inconsciente pelo golpe de Akio, já estava acordado. Ele se levantou, rápido, e tentou atingir a dra. Murakami por trás. Mas ela percebeu a movimentação a tempo e, com sua lança, cortou-o ao meio.

*Que poder absurdo*, pensou Akio. *Hino realmente está muito mais avançada que qualquer um de nós.*

Aos poucos a conexão de todos eles se desfez, e Akio voltou ao seu estado natural.

— Venha, Akio — disse Murakami —, e vamos levar Red conosco.

— Não adianta mais, Hino. Ele morreu.

— Então vamos garantir a ele as honras de um herói. Pois é isso o que ele é, certo? — Ela tentava sorrir, mesmo diante da dor do garoto.

— Sim! — Akio procurou retribuir o sorriso, entre lágrimas.

A dra. Murakami colocou a mão sobre o ombro de Akio, que agora carregava o animalzinho nos braços.

— Anúbis! — ela disse, voltando-se para o aluno.

— Sim, sensei!

— Faça uma varredura e procure alguém com poder considerável próximo a nós. Em momentos como esse, precisamos ter muita cautela.

Iyo não acreditou no que viu quando olhou pela janela da mansão. Akio caminhava pelo jardim, com Red ensanguentado em seus braços, e a dra. Murakami o apoiava, para que o garoto conseguisse andar.

— Katsuma! Ikkei! Mieko! Todos desçam imediatamente.

Ela correu em direção à grande porta da mansão e, quando conseguiu avistá-los mais de perto, pôde perceber o que se passava. Akio e Red tinham sofrido um ataque e o cachorro estava morto. Instintivamente, Iyo apertou sua própria pulseira e começou a chorar. *Talvez, se eu estivesse por perto...*, ela pensou.

— O que aconteceu, Iyo? — perguntou Katsuma, aproximando-se.

Iyo apontou lentamente para Akio, que ainda caminhava em direção a eles. Katsuma olhou para o amigo e também compreendeu tudo. Seus olhos se encheram de lágrimas, que logo começaram a escorrer pelo seu rosto.

Do lado de fora, como se a noite resolvesse chorar com eles pela perda de um grande amigo, começou a chover.

Quando Akio chegou até onde estavam seus amigos, a cena era de tristeza absoluta. Todos choravam intensamente. Um a um, abraçaram o garoto. Todos, exceto Katsuma, que não conseguia conter o ódio que sentia de si mesmo.

— A culpa é minha... — ele murmurou.

— A culpa não é de ninguém, Katsuma. Apenas dos hakai — respondeu a dra. Murakami.

— Ele estava lá para me salvar quando eu precisei. Mas sequer imaginei que algo estivesse acontecendo com ele.

— Recomponha-se, garoto — disse Ikkei.

— Eu sou um imbecil! Me perdoe, Akio, me perdoe! A culpa é minha.

Katsuma caiu de joelhos, chorando.

— Fique calmo, Katsuma — disse Akio, caminhando na direção do amigo e tocando seu ombro.

Ele tirou os óculos. A tristeza que envolvia Akio era tão forte que Katsuma imediatamente sentiu vergonha de sua própria reação.

— Ele foi um bom amigo para todos nós — disse Akio.

— Obrigado por amá-lo tanto quanto eu.

Ainda de joelhos, Katsuma abraçou o amigo. E todos choraram a morte de Red.

Eles deveriam estar preparados para a perda. Afinal, o que estava em jogo era a vida de todos os habitantes da Terra. Era esse o peso que havia sobre seus ombros, e eles sabiam que existia o risco de que tudo fosse perdido. No entanto, não conseguiam suportar essa dor, não naquele momento. Uma dessas vidas estava indo embora, e era a vida de um amigo tão querido. E isso, em si, já trazia uma intensa sensação de derrota.

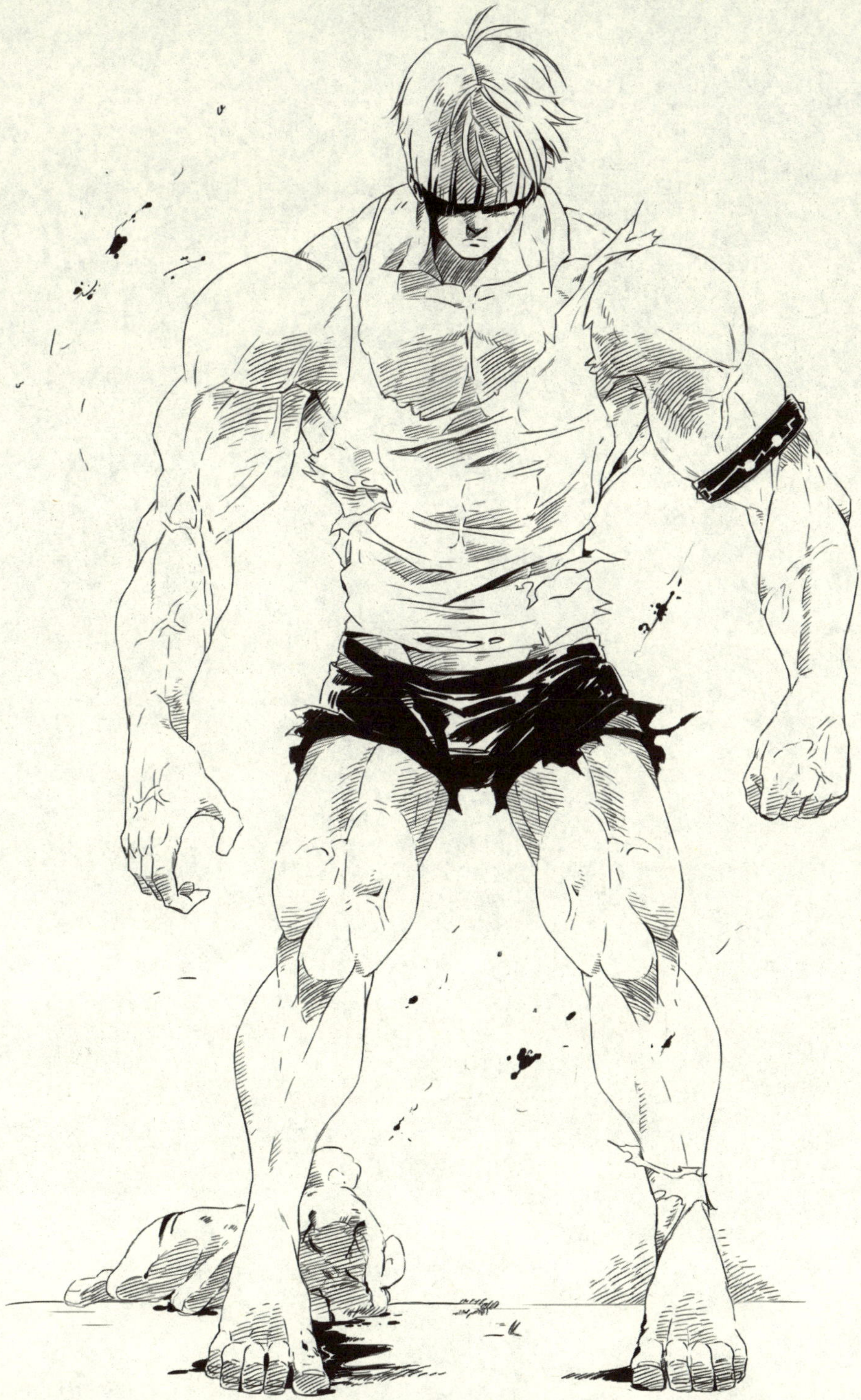

# 8

## SAUDADE

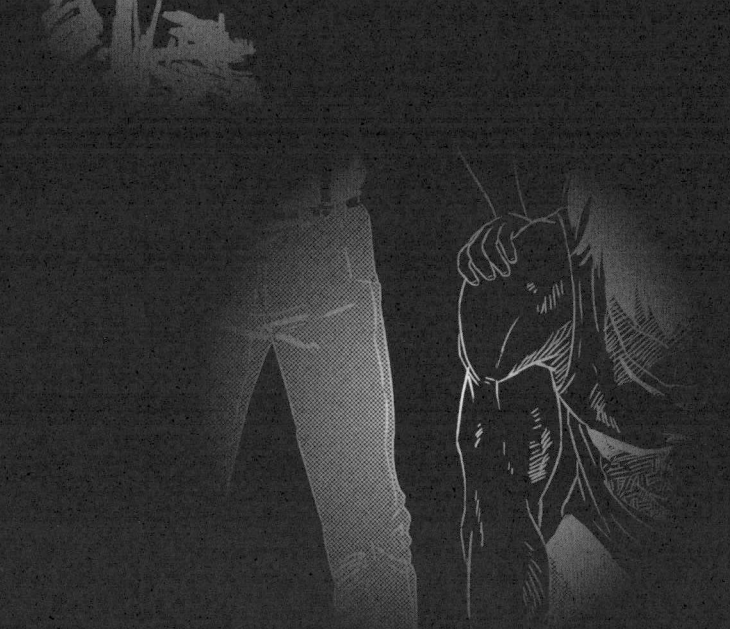

NA MANHÃ DO DIA SEGUINTE, Akio despertou com os raios de sol que invadiam a janela de seu quarto. Ele abriu e esfregou os olhos, e estendeu o braço na direção do criado-mudo, que ficava bem ao lado de sua cama, onde sempre deixava seus óculos antes de dormir. Akio se sentou na cama e olhou para o canto onde Red costumava domir. Havia ali uma caminha de cachorro, pequena, redonda e confortável.

Ainda sonolento, o garoto esperava ouvir o latido de Red. Foi só quando um facho de luz do sol alcançou a caminha, revelando que estava vazia, que Akio se deparou com a realidade. Seu amigo não estava mais ali.

Imediatamente, o garoto começou a chorar. Nenhuma dor podia ser maior do que a da perda de alguém querido, alguém a quem se ama de verdade. Akio percebeu que, a partir daquele momento, todos os dias, enquanto vivesse, precisaria lidar com a dor da morte de seu cãozinho. Ele tirou novamente os óculos e enxugou os olhos cheios de lágrimas na manga do pijama.

Ele precisava levantar. De nada adiantaria ficar ali, pensando em Red. A ausência do animalzinho era cruel, dura demais. A dor no coração de Akio era mais forte do que qualquer outra que ele já tivesse experimentado. O rapaz se lembrou de seu pai e de como sua ausência tinha sido forte o suficiente para também levar embora a sua mãe. Ela havia morrido de desgosto, e agora Akio tinha medo de que ele também pudesse morrer com tanta tristeza.

Tomou um banho quente e separou uma roupa preta. Ele não costumava seguir tradições, mas, naquele momento, não podia fazer diferente. Akio não tinha a intenção de que as pessoas tivessem pena dele, seu objetivo era apenas deixar claro para todos que Red era muito mais que seu animal e que, portanto, merecia todo seu luto profundo.

Ele abotoou a camisa lentamente, vestindo uma calça social e calçando sapatos de couro. E quando caminhou em direção à porta do quarto, mais uma vez, sentiu medo. Tinha receio de que todos olhassem para ele como um fraco, medo de que todos o tratassem com pena. Entretanto, ele logo afastou esses pensamentos de sua cabeça. Afinal, se ele desse ouvidos a esse medo que crescia dentro dele, aí sim seria um covarde e mereceria o sentimento de pena de seus amigos.

Não, ele não podia se render.

Akio abriu a porta em um ato de coragem, que quase lhe tirou o fôlego, e caminhou em direção à sala.

Ao chegar lá, teve uma surpresa; assim como ele, seus amigos também vestiam roupas pretas. Eles pareciam estar acordados já há algum tempo, mas Akio não via nenhum vestígio do café da manhã. A tristeza cobria a mansão como uma névoa densa, e nem mesmo Ikkei, com toda sua brutalidade e aparente indiferença, sentia fome. O único que não estava ali era Katsuma.

— *Ohayo*, Akio — eles o cumprimentaram.

— *Ohayo* — ele respondeu. — Katsuma ainda não acordou?

— Na realidade ele não dormiu desde ontem — respondeu Iyo.

— Mas por quê? — questionou Akio.

— Veja por si mesmo.

Todos caminharam para o fundo da mansão e lá estava Katsuma, imundo, suado, com uma pá na mão. Ele havia passado a noite inteira em claro, boa parte dela cavando um buraco e preparando tudo para o enterro do amigo.

— Eu disse que pediria aos empregados para fazer isso, mas ele é muito cabeça-dura e não quis ajuda — disse Ikkei. — Katsuma insistiu que queria arrumar tudo sozinho.

Entretido no que estava fazendo, Katsuma demorou um pouco para perceber a presença dos amigos. Mas assim que notou que estavam ali, ele parou de cavar e olhou para a porta onde estavam reunidos. Ao cruzar seu olhar com o de Akio, Katsuma tentou enxugar as lágrimas que se mesclavam ao suor e à lama em seu rosto, mas o barro deixava tudo ainda mais sujo.

Por fim, sorriu, talvez numa tentativa de aliviar a dor de Akio, seu querido companheiro.

— Oi, Akio! Vem ver o que estou fazendo para o Red.

A voz de Katsuma soava leve, tinha até mesmo um tom alegre. Ele sabia que precisava apoiar o amigo, e naquele buraco ele pretendia enterrar não apenas o corpo de Red, mas também um pouquinho da imensa tristeza de Akio.

Num impulso, Akio saiu correndo, em prantos, em direção ao amigo, dando nele o mais forte abraço que conseguiu.

— Cuidado, Akio, vai se sujar — Katsuma alertou.

— Obrigado! Obrigado! Obrigado! — Era só o que Akio dizia, repetindo incessantemente.

Katsuma fincou a pá no chão e se recompôs.

— Eu sei o quanto você amava o Red, Akio. Mas não precisa agradecer. Todos nós também o amávamos.

Com os olhos embaçados pelas lágrimas, Akio viu que todos os amigos ao redor também começaram a chorar. Então, Katsuma continuou:

— Hoje não enterraremos um cãozinho como outro qualquer. Mais do que isso, vamos nos despedir do herói que lutou junto de nós para salvar a humanidade. — Katsuma pegou sua adaga e fez um corte no braço, deixando seu sangue escorrer para dentro do túmulo, ainda vazio.

— Mesmo não sendo humano, eu considero Red sangue do meu sangue. E digo mais: eu devo não apenas meu sangue, mas sim toda minha vida. Se eu pudesse escolher, trocaria minha vida pela dele, sem pensar duas vezes.

Nesse momento, os empregados chegaram com o corpo de Red. Ele estava em um pequeno caixão, mas com uma tampa.

Katsuma se ajoelhou ao lado do buraco que ele mesmo cavara e, finalmente, se rendeu à tristeza, chorando ao lado de Akio.

— Meu herói... — proclamou Katsuma. — Infelizmente, eu não estava lá para defendê-lo, como um dia fez por mim. Mas eu juro, aqui e agora, diante de Red e de vocês: a morte dele não será em vão. — Todos se uniram ao redor do túmulo e o pequeno caixão foi pousado na terra.

— Muitos podem dizer que a vida segue — continuou Katsuma. — Mas a vida segue é uma ova! — gritou ele, em prantos. — Tenho certeza de que nossa vida não será a mesma a partir de hoje.

Akio percebeu que aquele era exatamente o sentimento que ele mesmo teve mais cedo, assim que acordou. Ele sabia que durante todos os dias de sua vida lamentaria a morte do amigo. Não importava quantos anos se passassem, a ausência de seu pequeno amigo sempre estaria ali, dentro de seu peito, por toda sua vida.

Todos mantiveram silêncio enquanto os empregados de Ikkei cobriam o buraco com terra. O céu, a mansão, o túmulo, os rostos dos que estavam ali presentes, tudo parecia cinza, encharcado pela dor e pelo choque. A última pá foi lançada em silêncio, e os empregados permaneceram ali, em respeito ao sofrimento do grupo de amigos.

Depois de alguns momentos, a dra. Murakami tomou a palavra:

— O Katsuma retratou muito bem o sentimento de todos nós! Sim, teremos de conviver com essa dor e aprender a lidar com a perda terrível de um de nossos companheiros. Mas, meus amigos, agora é o momento de transformarmos tudo isso em força e dedicação, para que os esforços de Red não sejam esquecidos! Akio, Katsuma, Ikkei, Iyo, Anúbis, Mieko e Hisashi, nós vamos salvar o mundo!

— Sim! Nós vamos salvar o mundo! — todos gritaram em uníssono.

Akio, ainda que estivesse muito triste, agora parecia ao menos mais aliviado. Era reconfortante descobrir que, assim como ele, todos estavam mergulhados no luto, sentindo a falta do querido cãozinho. A união que nascia naquele momento se transformaria em uma força extremamente necessária para o que eles viriam a enfrentar.

Pouco mais tarde, na hora do almoço, todos se reuniram novamente.

— Quem diria que era você a outra conectada? — disse Katsuma à dra. Murakami, tentando quebrar o gelo de alguma forma.

— Pois é, garoto — respondeu ela. — Achei melhor não divulgar essa informação até que todos no grupo estivessem preparados. Mas depois de todo o sofrimento que já passamos juntos, todos aqui provaram seu valor. Agora chegou a hora de nos organizarmos como uma equipe, e aqui estou eu para ajudá-los no que for necessário.

Katsuma desviou os olhos da doutora para o outro lado da mesa, onde estava sentado o mais novo integrante do time.

— Ah, sim. Ia me esquecendo de apresentar vocês. Esse é Anúbis — disse a dra. Murakami, percebendo a movimentação do olhar de Katsuma. — Foi com ele que fui me encontrar no Cairo, no Egito. Enquanto você cuidava do enterro de Red, Katsuma, eu o apresentei para os outros integrantes do grupo. Fiquei feliz que a outra conectada já estava por aqui quando cheguei. E... quer saber de uma coisa? — A dra. Murakami olhou para Katsuma, que percebeu nela um leve sorriso no cantinho da boca. — Eu agora tenho muito mais respeito por você, Katsuma. Não parece ser apenas aquele moleque que conheci há alguns meses.

— Obrigado... — respondeu Katsuma, envergonhado.

— Ah, doutora, preciso mencionar algo muito importante — interrompeu o professor. — Não entramos nesse assunto ontem à noite porque não achei que fosse o momento mais adequado. Você tem razão, também acho que chegou a hora de nos organizarmos como uma equipe, e, diante disso, existe algo que você e Anúbis devem saber: Mieko nos apresentou uma evolução da conexão, algo que ela chama de "conexão perfeita".

A doutora ajeitou os óculos, com uma expressão de quem já sabia do que estavam falando.

— Eu já estudei a conexão perfeita com o avô de Katsuma.

— O quê? — todos questionaram assustados.

— E por que nunca nos contou sobre isso? — perguntou Ikkei, indignado.

— Não era o momento certo. E acredito que nem todos serão capazes de fazê-la. Eu mesma não consigo, e acredito que Anúbis também nunca vai conseguir. É algo que depende não apenas de poder, mas essencialmente dos nossos sentimentos e da nossa conexão com o mundo.

— O que isso quer dizer? — perguntou Iyo.

— É simples — respondeu dra. Murakami. — Não basta apenas ter a compreensão completa do objetivo, que é salvar a humanidade, é preciso mais do que isso, é preciso *sentir*. No meu caso, por exemplo, é difícil porque sou muito racional. Eu entendo perfeitamente meu dever e sei o que quero proteger, mas não o faço com sentimentos e emoções; eu o faço com a minha razão.

— Acho que entendi — disse Iyo.

— E isso serve para todos nós — concordou Anúbis. — A doutora conversou comigo sobre essa tal conexão perfeita, enquanto vínhamos para cá. E eu acho que sou tão racional quanto ela. Talvez mais algum de vocês também enfrente essa mesma dificuldade e nunca consiga despertar em si a perfeição desse tipo de conexão.

Imediatamente todos olharam para Ikkei. De fato, o garoto sempre demonstrou maior seriedade em relação ao plano de salvar a humanidade, mas, ao mesmo tempo, sempre foi mais racional que os demais.

— Por que vocês estão me encarando? — questionou o rapaz, com a cabeça baixa e enchendo mais uma colher de sopa.

— Será que foi por isso que você não conseguiu, Ikkei? — perguntou Mieko, tomando coragem de dizer o que estava na mente de todos.

Ikkei largou a colher calmamente sobre a beirada do prato, sem olhar para ninguém e enchendo o ambiente de tensão. Katsuma engoliu em seco, já imaginando que Ikkei pudesse explodir e sair dando pancada em quem aparecesse em sua frente.

— Parece que vocês não entenderam muito bem o que a doutora Murakami quis dizer, pessoal — disse o professor Nagata, tentando dissolver a tensão. — Ela sabe o que quer proteger, e o faz de uma maneira racional, por isso nunca será capaz de realizar a conexão perfeita, que depende de sentimentos e emoções. No entanto, isso é bem diferente do nosso amigo Ikkei, que, depois de ter sofrido tantas perdas, não deseja proteger nada em específico. Desculpe pelas palavras, Ikkei, apenas estou tentando explicar melhor as diferenças.

— Não se preocupe, professor — disse Ikkei, levantando-se de sua cadeira. — Você apenas disse a verdade.

O rapaz saiu da sala de jantar, subiu as escadas e seguiu em direção a seu quarto.

Todos olharam para o professor, que colocava um pedaço de pão na boca.

— O que foi? Só disse a verdade, como ele mesmo admitiu.

Já no quarto, mesmo se esforçando para parecer tranquilo, Ikkei não conseguia suportar a ideia de ficar para trás. Até essa tal conexão perfeita aparecer, era ele quem ditava o desenvolvimento do grupo e as regras. Mas agora tudo estava diferente, ele estava perdendo o controle das coisas. *Será que não há mesmo nada no mundo que eu queira proteger? Será que meu coração se tornou tão duro assim?*

Pensando em tudo isso, Ikkei deitou na cama e adormeceu.

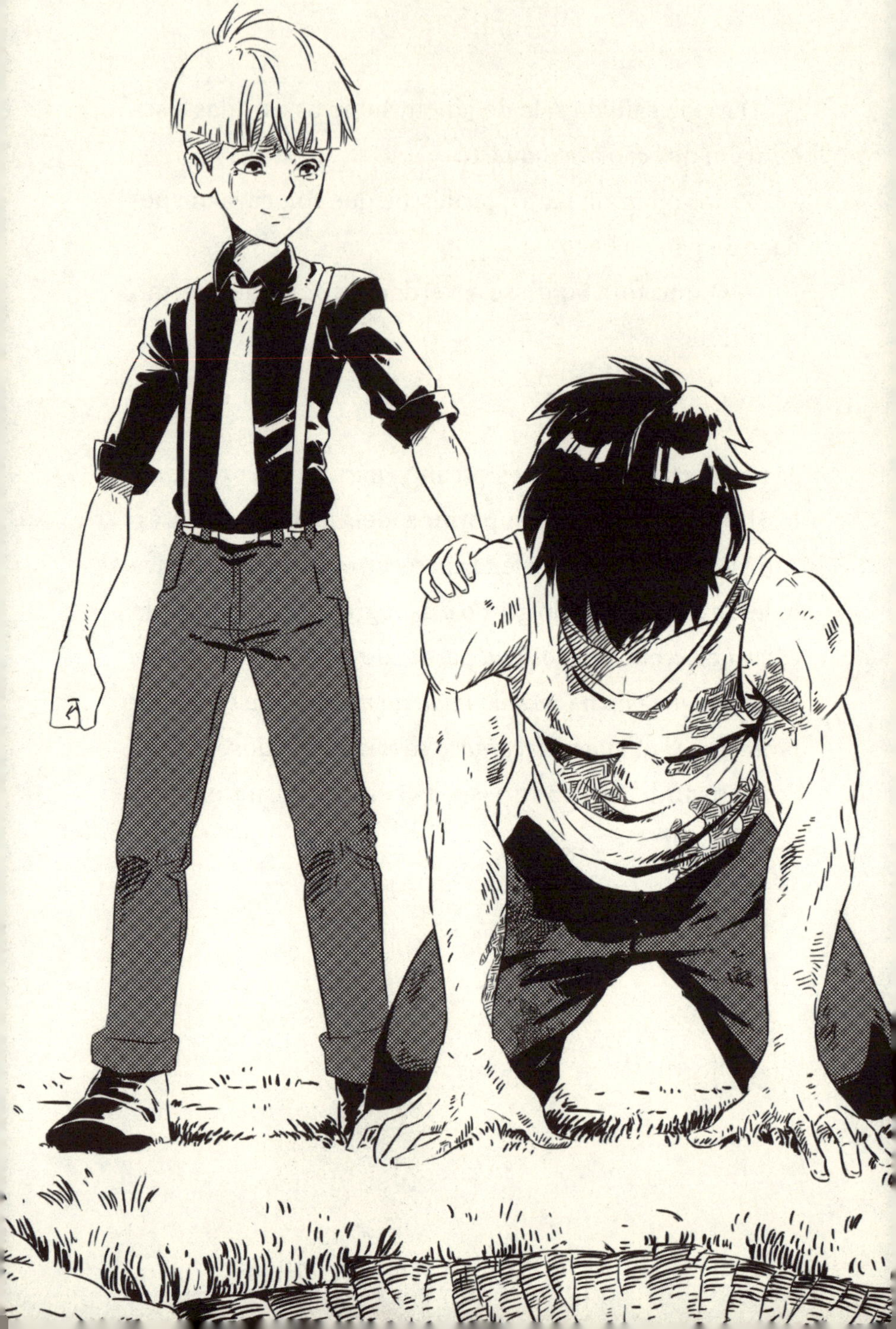

# 9
## ALGODÃO-DOCE

— Ikkei, Ikkei, acorde!

Ainda mergulhado no sono, o garoto ouvia aquela voz tão conhecida se alternando com o som dos pássaros que cantavam pela manhã.

— Me deixe dormir, não quero levantar — ele respondeu, ainda sonolento.

— Irmãozinho, o café da manhã já está pronto.

De repente, Ikkei reconheceu aquela voz tão doce e despertou imediatamente, com os olhos arregalados. Não podia acreditar na cena que via. Matsui Tomoyo, sua querida irmã, estava em pé ao lado de sua cama, com o sorriso agradável de sempre.

— To-Tomoyo? — disse ele, gaguejando, com os olhos cheios de lágrimas. — É você?

— Claro que sou eu, seu bobo. Vamos logo, para de preguiça.

Ainda sem entender nada, Ikkei se levantou de repente. Ele estava assustado, mas ao mesmo tempo não queria que aquela cena acabasse. Ele precisava seguir a irmã.

A garota saiu do quarto, e Ikkei se trocou rapidamente e foi atrás. Quando ele desceu as escadas, deparou-se com ela na sala de refeições.

Atônito, ele observava sua irmã cortando uma maçã, bem delicadamente, como costumava fazer. Mil pensamentos borbulhavam na mente do rapaz, que não conseguia dizer uma só palavra.

— Irmãozinho, você não vai comer?

— Ahn? Quê? Ah, sim, sim — respondeu Ikkei, como se finalmente conseguisse escapar de seus pensamentos.

— Que tal passearmos um pouco hoje?

Ikkei não queria mais resistir, queria apenas aceitar o que estava acontecendo e viver aquele momento na companhia da irmã. Era como se um sol de inverno afastasse o gelado de seu coração. Ele não precisava lutar.

— Claro, Tomoyo, vamos!

Enquanto comia, Ikkei procurava, em vão, seus amigos conectados pela mansão.

*O que está acontecendo aqui?*, ele pensava. *Será que estou ficando louco?*

Depois do café, os dois logo saíram para caminhar pelas ruas da vizinhança. Tomoyo falava sem parar, numa espécie de monólogo. E Ikkei não se atrevia a interrompê-la; aproveitando aquele momento para matar a saudade do jeito único de sua irmã. Ele olhava com carinho enquanto ela ajeitava os cabelos ruivos atrás da orelha e enquanto os lindos olhos verdes da garota brilhavam a cada história que ela contava.

— Chegamos, irmãozinho — ela disse, de repente.
— Vamos, eu já sei o que você vai querer.

Bem na frente deles estava um homem com uma barraquinha de algodão-doce. Tomoyo entregou algumas moedas a ele, que logo devolveu a ela um algodão-doce branquinho. O vento fazia as pontas soltas da nuvem de doce balançarem para lá e para cá, acompanhando o movimento das folhas de cada uma das árvores ao redor deles.

— Aqui, Ikkei, eu sei que você adora.

— Obrigado, irmã — ele respondeu. Ikkei não comia algodão-doce havia anos, pois sabia que aquilo traria lembranças de sua irmã. Lembranças essas que ele preferia esquecer.

— Vamos entrar logo! — Tomoyo puxou Ikkei pelo braço. O rapaz, então, viu que estavam em frente a um shopping, e ambos entraram correndo.

Todas as lojas estavam em liquidação. Que maravilha! Um enorme holograma na praça central indicava onde estavam os maiores descontos. E isso parecia deixar Tomoyo desorientada. Ela estava tão feliz! Nesse momento, Ikkei se lembrou de como a irmã costumava passar horas e horas dentro das lojas, enquanto ele, de mau humor, esperava que ela experimentasse todas as peças de roupas que pudesse.

— Ué, Ikkei, hoje você não vai reclamar? O que aconteceu, está doente? — ela perguntava, com sarcasmo.

— O quê? Não, Tomoyo. Hoje eu estou muito feliz.

O sorriso de Ikkei naquela situação parecia estranho para a irmã, e ela não conseguia entender o que se passava com o garoto.

— Obrigada! — ela se despedia da vendedora, trazendo mais duas sacolas. — Venha, irmãozinho, eu sei onde você quer ir.

E ela o levou diretamente na área de jogos, é claro. O espaço ficava no final de um corredor, no primeiro piso do grande shopping. O espaço era tomado por uma verdadeira explosão de tecnologia. Eram jogos com interação de hologramas, realidade virtual, 3D, 4D... tinha de tudo. Tomoyo entrou em um jogo de corrida e convidou o irmão para se sentar ao lado dela. Os dois colocaram os óculos de realidade virtual e iniciaram a simulação. A cada volta, a cada derrapada, a cada saída da pista, a cada batida na mureta, Ikkei e a irmã caíam na gargalhada, e o rapaz sentia o peso de anos de sofrimento se esvaindo de suas costas.

Ao final de muitas e muitas corridas, já estavam exaustos.

— Foi divertido, não foi? — perguntou ela, esfregando os cabelos do irmão.

— Sim, foi muito divertido. Mas pode ir tirando essa mão da minha cabeça.

— Ah, Ikkei, muito obrigada por me aturar enquanto fazia as minhas compras.

Ikkei respondeu a ela com um sorriso amoroso e os dois seguiram para a praça de alimentação e decidiram comer em um restaurante de *fast-food*. A comida era tão boa que Ikkei não queria que aquele momento terminasse nunca.

Ao finalizarem a refeição, perceberam que estavam ali havia horas e já estava anoitecendo. O dia na companhia da irmã tinha sido tão especial que Ikkei não percebeu o tempo passar.

Os dois saíram juntos do shopping e se depararam com um céu limpo, cheio de estrelas.

— A lua está linda hoje, não é verdade, irmãozinho?

— Sim, está mesmo.

— Sabe, Ikkei, às vezes me pego olhando para a lua, tão linda, branca, soberana, e fico pensando o que mais deve haver lá pelo espaço. Será que existem seres que pensam como nós?

Ikkei não encontrou palavras para respondê-la, e então a irmã continuou:

— Fico imaginando como o papai e a mamãe ficariam felizes em nos ver agora, nós dois nos divertindo tanto juntos. Essas boas lembranças nunca podem ser apagadas da nossa mente. Nunca me esquecerei dos momentos que nossos pais passaram conosco, da forma que eles conversavam, sorriam e até mesmo caminhavam. Não esqueço nem mesmo a maneira como me davam bronca — ela disse, sorrindo. — Seja como for, eles estão vivos para sempre, dentro de mim, nas minhas lembranças e na minha memória.

Então, Tomoyo voltou a olhar para a lua e, com toda a sua ternura, abraçou o irmão.

— Prometa que nunca vai me deixar morrer.

— Como assim, Tomoyo? O que está acontecendo?

Tomoyo ficou calada e continuou abraçando Ikkei.

De repente, o garoto empurrou a irmã um pouco para longe, procurando olhar diretamente em seu rosto.

Da boca de Tomoyo escorria sangue. Ela estava morta!

— Não! Não! Nãããão!


— Ikkei, acorde! Ikkei!

O garoto abriu os olhos devagar, percebendo que estava de volta ao seu quarto. Iyo e dra. Murakami tentavam despertá-lo.

— Você não parava de gritar, Ikkei! Teve um pesadelo? — perguntou Iyo, quando percebeu que o amigo tinha acordado.

Ikkei não conseguia responder, e ficou olhando para o teto do quarto, com as palavras engasgadas na garganta. Enquanto suas lágrimas escorriam pelo rosto, ele finalmente conseguiu forças para se manifestar, apenas repetindo a mesma frase:

— Agora eu entendo. Agora eu entendo...

— Entende o quê, Ikkei? — perguntou Iyo, claramente preocupada com o estado do amigo. *O que terá acontecido com ele? O que será que ele sonhou para ficar nesse estado?*

Ainda sem conseguir dizer nada, Ikkei apenas balançou a cabeça negativamente. Ele se levantou, indicando a direção da porta. Iyo e dra. Murakami entenderam o gesto e saíram do quarto, deixando o garoto em paz.

Ele se aprontou rapidamente e foi o primeiro de todos a chegar ao Hexagonal.

— Bom dia, Ikkei! — disse Mieko quando chegou ao local de treinamento. — Está mais animado hoje?

E, então, Ikkei lhe abriu um sorriso confiante. Mieko achou estranho que o amigo estivesse ali tão cedo e tão sorridente. Mas resolveu não contrariar.

Aos poucos, todos os demais foram chegando e se aprontando para o treinamento da manhã.

Logo que todos se ajeitaram, dra. Murakami assumiu a palavra:

— Bom dia a todos. Fico feliz que esteja se sentindo melhor, Ikkei. Bom, vamos ao treinamento? Todos aqui, exceto Katsuma, conhecem as minhas habilidades. Então, farei uma breve explicação para ele antes de iniciarmos.

Todos concordaram e, então, ela continuou.— Katsuma, minha relíquia é esta caneta, que sempre mantenho no bolso do jaleco. Em casos especiais, posso guardá-la em minha bolsa. Minha relíquia, como a de cada um de vocês, foi encontrada próxima a uma das sete maravilhas do mundo antigo. No meu caso, no Farol de Alexandria. Ela era, na realidade, uma pena usada por escribas de seu tempo. Mas eu a adaptei para essa roupagem, digamos, mais moderna. Ela se transforma em uma lança de luz, que é a minha arma em batalhas. Posso convocar quantas lanças forem necessárias, afinal, o objeto permanece conectado a mim. E, por isso, posso enfrentar um capitão comum com imensa facilidade...

Nesse momento, todos se assustaram com as palavras de Murakami. Aquilo era novidade até mesmo para os que já conheciam os poderes da doutora. Quão poderosa ela era? No último combate, todos precisaram se unir para enfrentar um único tenente, e ainda assim quase falharam...

— Então você é capaz de derrotar até mesmo um capitão? — o professor Nagata, também surpreso, não conseguiu manter silencio. — Isso é incrível!

— Sim, mas há inimigos mais poderosos que um capitão. Temos ainda os generais, o imperador e sabe-se lá quais outras surpresas que podem estar à nossa espera. — Ela ajustou os óculos, como se quisesse intensificar a seriedade da conversa. — Também quero explicar um pouco a respeito dos poderes de Anúbis, já que ele, sim, vocês ainda não conhecem. — Todos se voltaram para o rapaz, ao lado da doutora. — Anúbis tem habilidades que eu categorizaria como psíquicas, pois é capaz de manipular qualquer objeto, vivo ou morto, pequeno ou grande, apenas com a mente. Ainda não sei com toda certeza se a ação é simplesmente física, restrita a corpos maiores, ou se ele é capaz de manipular a matéria também em nível molecular. No entanto, seja como for, nosso treinamento tem sido um sucesso. Bom, por enquanto, isso é tudo o que eu tenho para falar. Podemos treinar?

— Espera! — disse Akio, meio sem jeito. — E quanto a mim? Eu tenho medo de não atender às expectativas.

Não creio estar no mesmo nível que vocês, não sem a companhia do...

Ele não precisou completar. Todos sabiam que a conexão dele com seu amiguinho era extremamente forte. De fato, ninguém ali sabia do que Akio seria capaz sozinho. Porém, o professor resolveu intervir mais uma vez:

— Que tal fazer um primeiro teste com o capacete? Assim, entenderemos melhor suas habilidades individuais.

— Certo! — repondeu Akio, sorrindo. — Acredito que seja uma boa ideia.

— Maravilha. Faremos o mesmo com Anúbis. Tudo bem para você, rapaz?

— Claro, professor.

Então, depois dessa conversa inicial, todos entraram na sala de treinamento. Um novo dia de luta começava, e pairava no ar a expectativa de que algo importante estava prestes a acontecer.

Com seu capacete, Akio aguardava enquanto o nível de dificuldade da simulação ia se ajustando. "Nível quinze", disse, enfim, a voz robótica.

— Impressionante! — Iyo comentou. — Para uma primeira vez, está ótimo.

"Treinamento iniciado", a voz robótica completou.

Um a um, Akio derrotava os monstros da simulação com grande facilidade.

— Você está indo bem, Akio! Mas não seria interessante fazer a conexão? Agora que sabemos que você também é capaz de fazê-la... — Nagata alertou pelo microfone.

Akio olhou para uma das câmeras e sorriu. O capacete era grande demais para ele, era uma cena engraçada de assistir.

— Tudo bem!

Imediatamente, a coleira de Red amarrada em seu pulso começou a brilhar. Seus músculos cresceram, e ele assumiu a forma de um gigante. Agora não viam mais um garotinho, aparentemente frágil. Era, de fato, um guerreiro sem igual.

"Nível vinte e sete ativado", disse a voz robótica.

— O quê? — Katsuma e Ikkei gritaram, sem acreditar.

— Mas a conexão perfeita não nos deixa no nível trinta? Como ele consegue chegar tão perto disso? — questionou Mieko.

— Essa diferença se deve a diversos fatores — a doutora explicou, enquanto assistiam a Akio massacrar os oponentes. — Mesmo antes que esses músculos todos se manifestassem, Akio já era um mestre em artes marciais e sabia dominar seus movimentos muito bem. Além disso, ele tem um reflexo impressionante, devido aos seus treinamentos desde a infância.

"Missão concluída. Nível vinte e sete finalizado com sucesso", disse a voz do Hexagonal.

Todos estavam chocados.

— E digo mais — Murakami continuou —, ele ainda não domina essa forma por completo. Acredito que será capaz, inclusive, de ultrapassar vocês, mesmo sem conseguir atingir a conexão perfeita.

Akio retomou sua forma natural e caminhou lentamente para fora. Ele estava praticamente nu, pois suas roupas haviam sido rasgadas pelo crescimento descomunal de seus músculos. Katsuma tirou sua camisa e foi em direção do amigo para ajudá-lo.

— Obrigado, Katsuma — Akio agradeceu, tirando o capacete.

Foi então que, olhando de perto, ele percebeu que Akio estava em lágrimas.

— Jamais poderei substituir Red, mas espero que tenham paciência comigo. O nível quinze pode ser um começo, mas prometo que vou me esforçar mais! — O garoto saiu correndo da sala de treinamentos, envergonhado, antes que Katsuma pudesse contar a ele que, na verdade, tinha batalhado e vencido no nível vinte e sete.

— Espere, Akio! — ele gritou.

— Dê um tempo a ele, Katsuma — disse o professor, colocando a mão sobre o ombro de Katsuma e impedindo que ele fosse atrás do amigo. — É possível que, se ele descobrir seu verdadeiro potencial, fique ainda mais triste, simplesmente por estar acima de seu falecido amigo.

Katsuma concordou com a cabeça, ainda que, uma hora ou outra, Akio inevitavelmente saberia da extensão de seu poder.

Os treinamentos, então, foram retomados. E antes que Anúbis fosse testado, a dra. Murakami resolveu que também deveria rapidamente verificar o estado de suas habilidades. Quando ela colocou o capacete, o sistema indicou que Murakami estava no nível trinta e quatro. A simulação era incrivelmente poderosa, e era um espetáculo assistir aos graciosos movimentos dela.

Quando enfim chegou o momento de Anúbis, o sistema parecia não ser capaz de mensurar sua capacidade.

— Será que quebrou? — questionou o rapaz, com seu forte sotaque.

— Vamos ver — respondeu Hisashi, tirando o capacete e pedindo que Katsuma se aproximasse. Após testar em Katsuma, concluiu que o aparelho funcionava normalmente. — Acredito que suas habilidades psíquicas tenham bloqueado o aparelho. Mas tudo bem, talvez a Murakami saiba qual o seu limite. Podemos ajustar o nível manualmente, de acordo com o que ela avaliar como adequado.

— Certo! Confio plenamente em minha sensei — respondeu Anúbis, mantendo a seriedade típica de um aprendiz que ao mesmo tempo respeita sua mestra e deseja corresponder às expectativas dela. Murakami olhou para ele, com admiração.

Durante todo esse tempo, Ikkei apenas assistia a tudo o que acontecia ali. Ele havia sido o primeiro a chegar ao Hexagonal e estava ansioso para começar a testar uma nova teoria. Algo havia mudado no rapaz durante a noite. Era como se aquele sonho tivesse disparado algo dentro dele, algo que Ikkei ainda não sabia identificar.

Sem aguentar mais esperar, Ikkei disparou:

— Me dê esse capacete aqui!

O garoto arrancou o capacete da mão do professor, colocou e entrou na sala. "Nível trinta e um ativado", emitiu a voz robótica.

— Como é possível? — Katsuma se assustou novamente. — Hoje o dia está realmente uma loucura!

O professor já havia ativado o microfone, a fim de repreender Ikkei, mas não teve tempo, o garoto já estava preparado para lutar.

— É simples, seu idiota! — Ikkei respondeu a Katsuma. — Eu já sei o que eu quero proteger!

Imediatamente, Ikkei ativou a sua conexão. Em uma explosão de luz, a manopla surgiu e seus pensamentos se voltaram para as lembranças mais doces de sua irmã.

— Eu preciso proteger minhas lembranças. Só assim minha irmãzinha se manterá viva dentro de mim.

Então, sua manopla começou a preencher seu corpo, transformando-se em uma armadura completa.

— É muito parecida com uma armadura hakai! — Katsuma disse.

Peças transparentes e douradas envolveram o corpo de Ikkei. Era realmente uma cena impressionante. E ele derrotou um por um dos monstros que surgiram com maestria e habilidade!

"Missão concluída. Nível trinta e um finalizado com sucesso", disse a voz robótica.

— É isso aí! — gritava Iyo, absolutamente feliz com o resultado.

Katsuma não conseguiu disfarçar e ficou vermelho de ciúmes.

— O que tem demais nisso? Nós já estamos no nível trinta há muito mais tempo — disse o garoto, tentando menosprezar seu rival. No entanto, no seu íntimo, admirou o companheiro de batalha por sua conquista.

— Obrigado, Iyo. E agora acho que estamos prontos para avançar ainda mais!

— Isso aí! — gritou Mieko, também empolgada com a conquista de Ikkei.

— Certo, conectados, agora é a hora! — Murakami disse com tom de empolgação. — Professor, ative o nível trinta e um novamente, vamos ver o que podemos fazer em equipe!

— Tudo bem, vamos lá! — ele respondeu, também animado.

*Enquanto isso, na cidade do Cairo...*

— Capitão! Capitão!

— O que foi, cabo?

O capitão Yamamoto parecia impaciente. Ele sabia que um bom planejamento facilitava qualquer operação, mas já não conseguia mais controlar a sua sede de vingança. Por que aquilo tudo estava demorando tanto?

— Não temos notícias dos tenentes, senhor. Tudo indica que estão mortos!

Yamamoto demorou alguns segundos para acreditar no que acabara de ouvir.

— O quê? Como é possível?

— Os computadores indicam que os sinais vitais foram interrompidos em uma área no Japão, próximo à cidade de Nova Tóquio.

Aquela definitivamente não era a notícia que o capitão esperava ouvir. Havia, de fato, algo estranho acontecendo no Planeta Azul.

— Pelo visto não estamos lidando com amadores — disse Yamamoto, serrando os dentes. — Aqueles idiotas... Eu os avisei que não deveriam atacar. Mais uma vez, eles subestimaram nossos inimigos. Bom, pelo menos cumpriram sua missão, agora sei onde posso encontrá-los.

O capitão fez um gesto para o cabo, indicando a porta. Ele deveria partir imediatamente.

— Chega de brincadeiras, irei pessoalmente cuidar desse problema. Ordene que preparem minha nave!

O cabo, que já se preparava para sair da sala, hesitou.

— Senhor, precisamos usar o meio convencional de viagem para evitar alardes. Não podemos chamar atenção desnecessária. Acredito que hoje à tarde tudo estaria pronto.

— Quem decide o que precisamos aqui sou eu! — respondeu Yamamoto, dando um soco na mesa, que acabou partida em mil pedaços. Aos poucos, no entanto, ele recobrou o controle. — Bom, que seja. Façam o que tem de ser feito o mais rápido possível. Isso não pode ficar assim!

Yamamoto olhou pela janela e avistou o céu, que estava nublado.

*O Universo não pode sofrer por um único planeta,* ele disse para si mesmo, depois que o cabo já havia saído. *Mas não parece justo, não o tempo todo. Até quando precisarei carregar esse fardo? Até quando poderei confiar que minhas atitudes estão corretas? Matar para evitar a morte, há sentido nisso?*

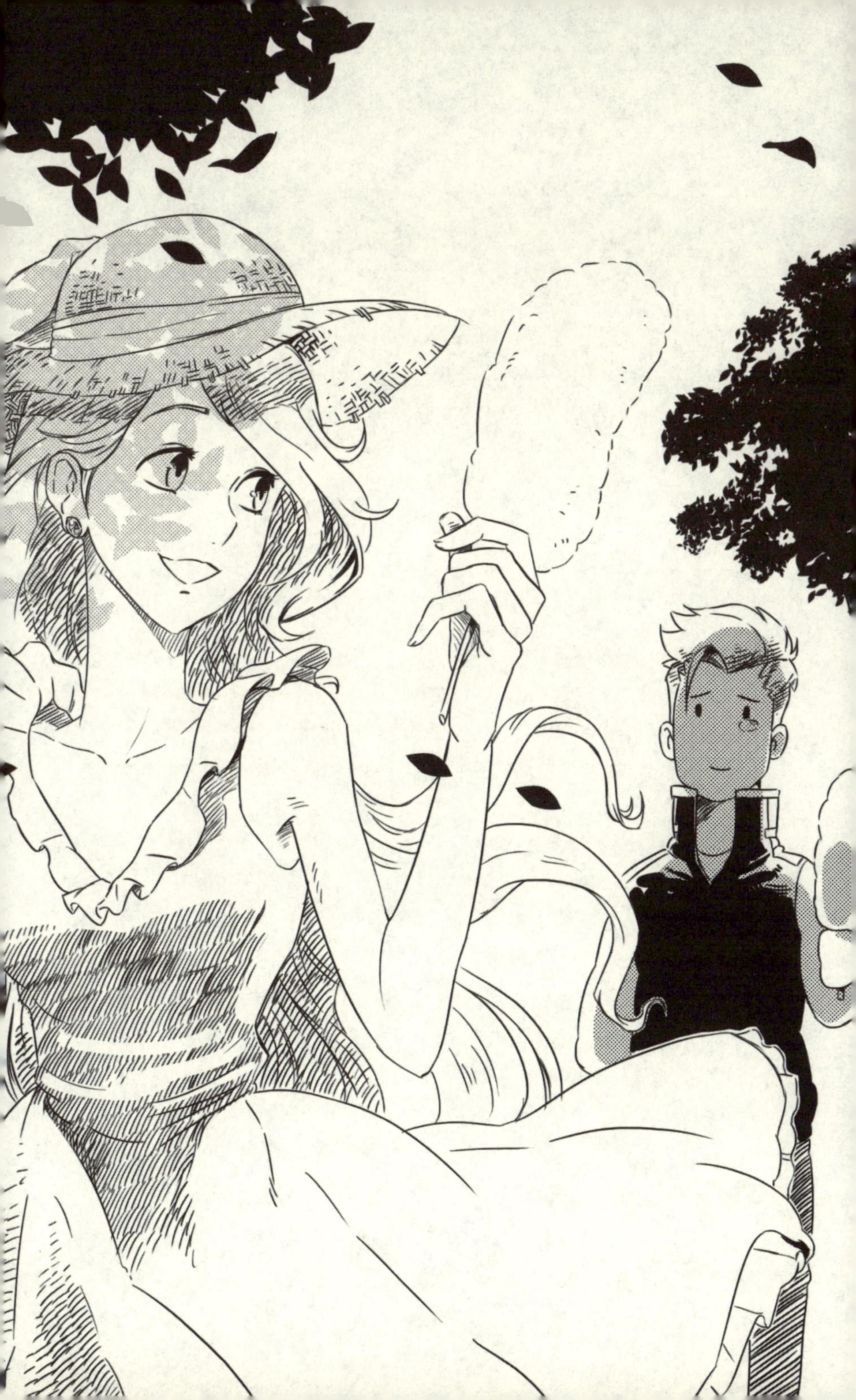

# 10

## MONSTROS

"Missão concluída. Nível trinta e um finalizado com sucesso", disse a voz robótica.

— Que maravilha! — exclamou Katsuma. Ele e seus companheiros já estavam no Hexagonal havia horas. Nunca um treino tinha sido tão produtivo quanto aquele. Finalmente todos pareciam estar utilizando todo seu potencial, alinhados como uma equipe de verdade. — Bom, já é a terceira vez que finalizamos esse nível, acho que agora é hora de descansar — completou.

— Como sempre, um desleixado — respondeu Ikkei, com um sorriso irônico.

— O que foi que você disse? — retrucou Katsuma, com os punhos na altura do rosto, mas também com um leve sorrisinho de canto de boca.

— Parem com essa bobagem! — repreendeu Murakami, enquanto dava um leve cascudo na cabeça dos dois garotos. — Essa infantilidade de vocês já está passando dos limites.

Na mesma hora, todos olharam para Ikkei e Katsuma, corados de tanta vergonha. Quando percebeu o olhar de Iyo na sua direção, Katsuma se encolheu ainda mais.

— Poxa, Anúbis, você é realmente muito forte, hein? — Numa tentativa de quebrar o gelo, Mieko cumprimentou o companheiro, dando um tapinha nas costas do rapaz. Na hora, ele também ficou vermelho, um pouco envergonhado com o elogio, um pouco pelo susto do tapinha repentino.

— Obrigado, Mieko. Mas preciso dizer que você também é bastante poderosa.

— Valeu por hoje, pessoal! — disse, enfim, o professor Nagata. — Amanhã voltaremos à nossa rotina. Estou muito contente de ter todos vocês aqui, empenhados em vencer juntos essa batalha. Se estivermos unidos, com certeza sairemos vitoriosos.

— "Aquele que está de pé, cuide-se para que não caia" — disse Ikkei, alertando os amigos de que não poderiam baixar a guarda. — Nós temos que ter muito cuidado, é a vida no planeta que está em jogo.

— Ei, Ikkei, essa frase é da... — começou Iyo, mas logo foi interrompida por Akio, que se aproximava do Hexagonal. Ele tinha sido o único a não participar dos treinos coletivos daquele dia.

— Oi, pessoal. Peço desculpas pela minha atitude de antes. Vocês não têm culpa de nada — disse o garoto.

Dava para ver sinceridade em seus olhos, ainda que eles estivessem voltados para o chão.

— Fica tranquilo, amigo — Katsuma respondeu, caminhando em sua direção. — Estamos juntos para o que der e vier. Tenho certeza de que seremos ainda mais fortes com você ao nosso lado!

Um a um, todos saíram da zona de treinamento e começaram a se dirigir de volta à mansão. De fato, eles mereciam um pouco de descanso. Quando chegasse a hora da batalha, de nada adiantaria se todos estivessem exaustos de tanto treinamento, sem energia e garra suficientes.

Antes que Akio pudesse acompanhar os amigos, no entanto, a dra. Murakami pediu que ele esperasse um pouco. Ela sentia que precisava contar a verdade a ele. Afinal de contas, Akio tinha saído correndo do Hexagonal sem saber o quanto ele havia se tornado poderoso.

— Pode falar, Hino, sou todo ouvidos.

— Akio, eu sei que você estava frustrado antes, quando iniciamos seu treinamento. No entanto, toda essa onda de emoção pode acabar atrapalhando seu julgamento, e você pode não ser capaz de avaliar corretamente seu desempenho em uma batalha. Que tal fazermos essa análise juntos agora?

A dra. Murakami apontou para a mesa de controle que ficava na sala de treinamento e Akio concordou, dirigindo-se ao local. Ela programou o *replay* do treinamento que o garoto tinha feito mais cedo e, então, uma imagem holográfica se projetou sobre a mesa.

— Observe como você ataca, como se movimenta, Akio. De longe, entre todos nós, você é o mais bem preparado fisicamente para encarar a batalha que certamente iremos enfrentar.

— Não consigo acreditar em você, doutora. Não posso ser o mais bem preparado lutando no nível quinze. Todos os outros já estão próximos do nível trinta!

— Tenha paciência, Akio. Continue observando.

Na realidade, o garoto não queria estar ali. Ele se sentia humilhado por estar tão atrás de seus companheiros. No entanto, ele tinha muito respeito pela dra. Murakami para simplesmente não atender a um pedido dela.

Quando a projeção mostrou Akio finalmente ativando a relíquia, o garoto pôde ver o monstro no qual se tornara. A princípio sentiu vergonha de si mesmo, mas depois pensou consigo mesmo: *Se for para vingar a morte de Red e salvar a humanidade, eu não me importo de me transformar nesse monstro.*

Quando a reprodução da batalha acabou, Murakami voltou-se para o garoto e perguntou:

— Então, Akio, o que você concluiu ao ver essas imagens?

— Que me tornei um monstro muito musculoso?

— Ele não sabia exatamente o que a amiga queria ouvir e,

por isso, tentou responder com outra pergunta. Afinal de contas, tudo o que tinha agora eram dúvidas.

— Acorde, garoto! — ela disse dando um leve tapa na testa de Akio, mas com um enorme sorriso no rosto.

— Essa foi sua primeira vez usando o Hexagonal como um conectado, e sozinho você foi capaz de concluir a missão do nível vinte e sete!

— O quê? Não é possível!

— Veja por si próprio.

Ela pausou a gravação no momento exato em que Akio fez a conexão e apontou para o monitor, no local onde estava escrito "Nível 27".

Os olhos de Akio se arregalaram e, num impulso, ele se levantou.

— Por favor, Hino, deixe que eu tente o nível vinte e nove.

A dra. Murakami olhou confusa para ele. Parte dela sabia que aquilo era uma loucura, que era um nível alto demais para alguém com tão pouca experiência como conectado. Por outro lado, em seu íntimo, ela acreditava no potencial do rapaz. Ela sabia que Akio era capaz, mas ainda assim temia por ele.

— Acalme-se, garoto, já tivemos emoções demais por esses dias.

— Você me perguntou o que eu concluí com essas imagens, certo? Pois eu vou lhe dizer. Quando eu lutei, estava apenas agindo por impulso. Meus olhos estavam embaçados pelas lágrimas e meus movimentos foram claramente comprometidos por isso. Deixe-me tentar mais uma vez em um nível mais alto. Agora eu sei que posso!

Murakami pareceu refletir por um instante. No fim das contas, ela estaria ali no controle, e não deixaria que nada de ruim acontecesse ao amigo. No entanto, falhar no Hexagonal poderia ter efeitos irreversíveis na autoestima de Akio, e esse não era um problema com o qual o grupo tinha condições de lidar naquele momento. Depois de pensar mais um pouco, ela disse, por fim:

— Tudo bem, Akio. Mas estarei aqui para finalizar o treinamento, caso necessário.

— Certo!

Murakami ativou manualmente o nível vinte e nove, conforme o garoto havia solicitado. Imediatamente, Akio fez a conexão e começou a batalhar. Como na outra vez, o simulador trazia um monstro após o outro, com ataques dos mais diferenciados. Akio, no entanto, analisava cada detalhe de forma racional, pensando como o grande lutador que de fato era. Em vários momentos ele chegou a apanhar, é verdade, mas, depois de uma longa batalha, acabou por vencer. "Missão concluída. Nível vinte e nove finalizado com sucesso", declarou a voz robótica do Hexagonal.

— Parabéns, Akio! A partir de hoje, é daqui para cima — disse a dra. Murakami, cumprimentando o garoto, segurando firme em suas mãos.

— Vamos lá, Hino, temos um mundo para salvar!

Enquanto o treino de Akio acontecia no Hexagonal, os demais estavam reunidos na sala da mansão, exceto o professor Nagata, que havia saído logo após o fim dos treinamentos.

Entre todos, a que mais falava era Mieko. Em momentos de folga, ela sempre estava agitada, ainda que fosse a primeira a manter a disciplina quando o momento pedia seriedade.

Quando Hino e Akio finalmente voltavam para a mansão, Mieko foi a primeira a avistá-los.

— Venham, sentem-se aqui conosco.

— Olá, pessoal! Obrigada, Mieko — Akio respondeu sorrindo, sentando-se no sofá. Murakami preferiu ficar de pé, apoiando-se em um pilar.

— E, então, vocês vão ou não nos contar esse segredinho entre vocês? O que ficaram fazendo no Hexagonal? — Katsuma questionou.

— Nada demais, Katsuma — respondeu Akio. — Hino apenas me mostrou alguns detalhes do meu treinamento.

— Que bom, Akio! Tenho certeza de que você finalmente percebeu como foi incrível! — Katsuma respondeu bem animado.

— Fico feliz em saber que você está melhor, Akio — disse Iyo, meiga e gentil.

— Ah, mas vocês não viram nada. — Murakami caminhou para o centro da sala e continuou: — Akio viu a projeção do treinamento dele mais cedo, sim, mas também insistiu em tentar mais uma vez. E adivinhem? Enquanto vocês estavam aqui batendo papo, ele estava finalizando o nível vinte e nove com sucesso.

— O quê? — todos perguntaram ao mesmo tempo.

— Bom, mas o que é que vocês esperavam do conectado mais habilidoso entre nós, hein? — Era Ikkei, assumindo a palavra. — Mesmo sem nenhuma conexão ou habilidade especial, Akio sempre foi capaz de proezas incríveis. Agora que pode se transformar em um verdadeiro *monstro*, sabe-se lá qual será seu limite.

Todos ficaram em silêncio. As palavras de Ikkei ecoavam no ar. *Monstro*. Agora era tarde demais para reparar o dano causado. Akio voltou o olhar para baixo, e aquela palavra ficou se repetindo em sua mente, sem parar.

O clima na sala acabou ficando pesado. Akio estava passando por um momento muito difícil, com a perda de seu melhor amigo, e a falta de sensibilidade de Ikkei podia acabar com o que restava de confiança no garoto. Katsuma sabia que a intenção de Ikkei não era machucar o amigo, mas ele também sentiu o peso daquela palavra, e não podia simplesmente deixar aquele comentário de lado.

— Quer saber, Ikkei? — disse Katsuma, com um dos braços para o alto, com o punho fechado. — Deve ser realmente uma honra se tornar um monstro assim, exatamente como acontecia com Red. Herdar essa conexão tão especial do melhor amigo deve ser até mesmo emocionante. A partir de hoje, devemos todos nos chamar de monstros! Isso mesmo, somos todos monstros! Monstros como o Red, monstros como o Akio! Monstros que irão salvar esse planeta! Seremos os monstros que destruirão o exército hakai! Vocês estão comigo nessa?

— SIM! — Todos responderam a uma só voz. Exceto Ikkei, que ainda estava constrangido por não ter sido capaz de medir suas palavras.

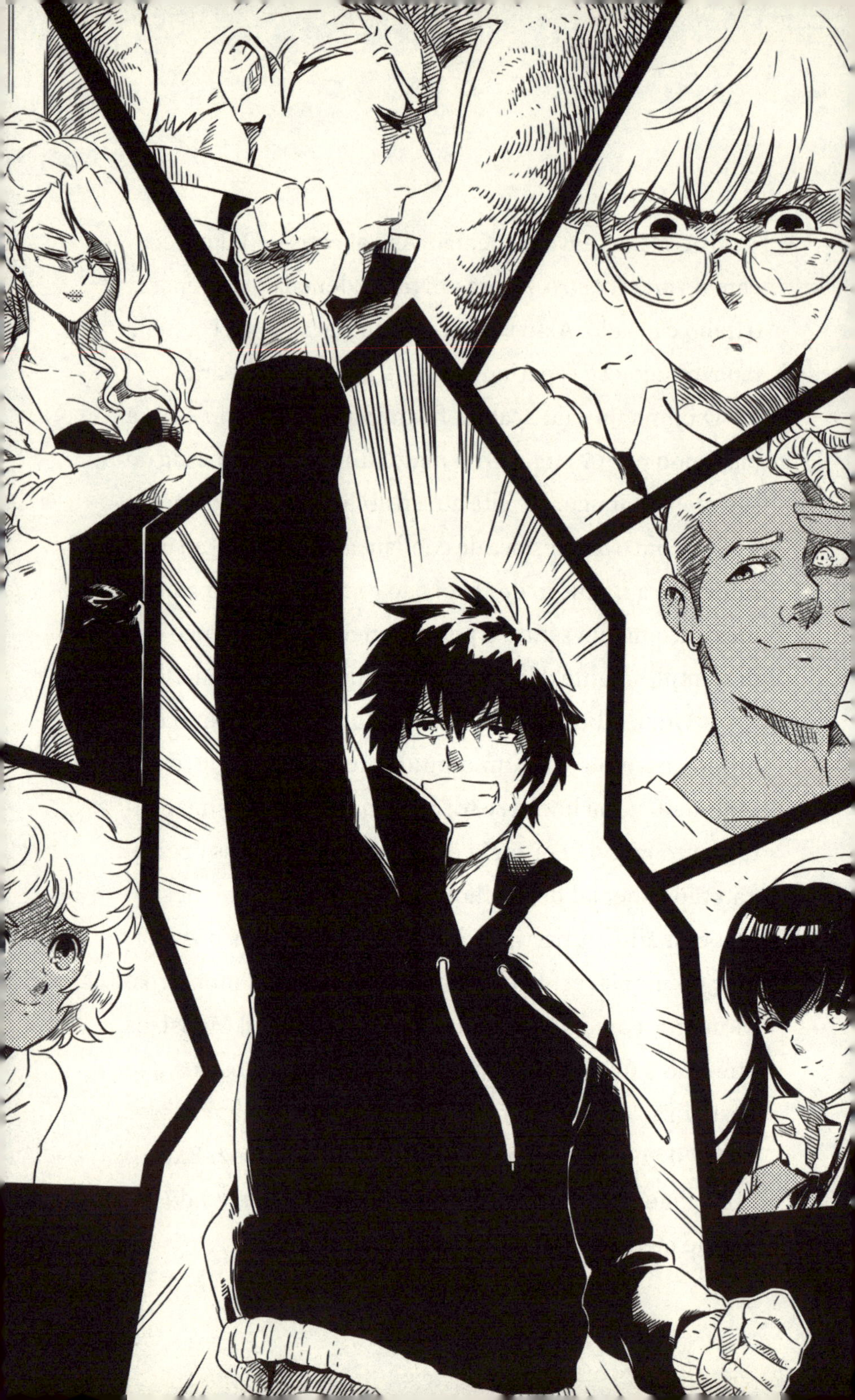

# 11

## FOLHAS SOLTAS

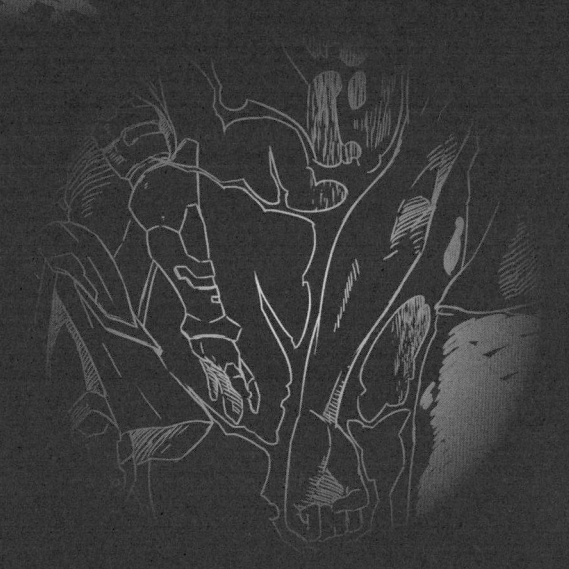

Mais tarde, quando já era noite, era possível observar uma linda lua cheia pairando sobre a mansão de Ikkei. Seu brilho e as sombras que ele gerava destacavam detalhes da enorme construção. O céu limpo e majestoso, sem uma nuvem sequer.

Dentro da mansão, depois de um bom descanso, os conectados se preparavam para o jantar.

Aquele tinha sido um dia cheio: o treinamento pesado, a pisada de bola de Ikkei e discurso inflamado de Katsuma. O descanso era merecido, mas em momento algum a preocupação com o futuro do planeta dava uma trégua na mente da equipe de conectados.

Quando Iyo abriu a porta de seu quarto para descer para a sala de jantar, deu de cara com Katsuma, parado na sua frente feito um poste, e levou um belo susto.

— O-oi, Iyo — disse o garoto, hesitante. — Desculpe se assustei você. Estava vindo avisar que já está na hora do jantar.

— Tudo bem, Katsuma. Obrigada pelo carinho — ela disse, desviando os olhos para o chão, um pouco envergonhada. Katsuma viu um leve rubor tomar conta das bochechas da garota, além de um sorriso sincero em seus lábios.

Nos últimos tempos, Iyo e Katsuma ficavam sempre muito nervosos quando se encontravam. Lembravam-se, é claro, do beijo e das indiretas que indicavam um interesse mútuo, o que fazia com que os dois ficassem com as pernas bambas quando se viam a sós. Eles pareciam sentir uma espécie de culpa por sentir essa onda de emoções justo agora, quando deveriam estar preocupados com os treinamentos e com o futuro da humanidade. Por conta disso, sempre procuravam manter apenas diálogos curtos e formais.

Eles andaram pelo corredor em silêncio. As mãos de Katsuma suavam, seu coração palpitava mais forte e sua garganta estava seca. *Por que eu não consigo dizer nada?*, ele pensava. Cada passo parecia uma eternidade, e a distância até a escada nunca havia sido tão longa. O garoto amava estar na presença da Iyo, mas aquela situação se tornava cada vez mais desconfortável.

Foi então que Iyo quebrou o gelo:

— Até quando vamos fingir que nada está acontecendo, Katsuma?

O garoto ficou em choque. Por essa ele realmente não esperava. Então, ele começou a falar, mas palavras não saíam como planejado:

— Co-como as-assim, Iyo? Que estamos aqui para salvar o pla-planeta? É disso que está fa-falando, Iyo?

— Você sabe que não, Katsuma — Ela pegou a mão do garoto e apertou forte. — Katsuma, eu te...

— Iyo! Katsuma! Desçam logo! — Era Mieko gritando lá de baixo, quebrando todo o clima que havia sido criado.

— Já estamos descendo, Mieko — Iyo respondeu com um sorrisinho amarelo, seguindo em direção à escada.

— Espere, Iyo — Katsuma gritou para a amiga. Será que os dois iriam mesmo perder aquela oportunidade?

— O que você ia me dizer?

— Deixa pra lá. Nem eu sei direito — ela respondeu, fingindo tranquilidade, mas seu coração parecia uma bomba prestes a explodir para fora do peito.

— Hum, tudo bem — ele respondeu com um sorriso. Um sorriso forçado, é claro, já que seu coração estava na mesma situação que o de Iyo.

Assim que todos chegaram à sala de estar, a comida começou a ser servida. O grupo inteiro permanecia em silêncio, cada qual imerso em seus próprios pensamentos.

— Doutora Murakami — disse finalmente Mieko, com um tom de brincadeira. — Adivinha quem eu vi de mãos dadas lá em cima no corredor?

No mesmo instante, Iyo e Katsuma ficaram vermelhos como pimentões. Aos poucos, a seriedade no rosto de Murakami foi se quebrando, até que ela não aguentou mais e soltou risada descontraída.

— Tenho certeza de que foi o casal de pombinhos aqui ao meu lado — a doutora respondeu bem-humorada.

— Cuidem de suas vidas! — Katsuma se exaltou, ainda vermelho. Naquele momento, a vergonha falou mais alto, e o garoto não mediu as consequências do que ele estava prestes a dizer. — Vocês não sabem do que falam, não existe nada entre nós dois.

No mesmo instante, Iyo sentiu como se uma estaca tivesse sido enfiada em seu coração. As palavras de Katsuma ecoavam em sua mente, e ela não conseguiu segurar as lágrimas.

— Desculpem — disse Iyo, procurando esconder o choro dos companheiros. — Eu não tenho fome, vou voltar para o meu quarto.

Ela correu em direção às escadas, aos prantos, sem olhar para trás.

— Vejam só o que vocês fizeram! — Katsuma gritou, ainda zangado.

— Será que você não é capaz de enxergar as coisas nem mesmo quando elas estão diante de seu olhos, seu idiota? — disse Ikkei, intrometendo-se na conversa. — Foi você quem machucou Iyo.

— Como assim? E o que você tem a ver com essa história? Não se meta nesse assunto.

A dra. Murakami limpou a boca com um guardanapo e olhou fixamente para Katsuma, com seus belos olhos amarelos. Ao mesmo tempo, ela fez um gesto para que Ikkei se calasse, não queria mais discussões à mesa.

— Você realmente não sabe nada sobre garotas — disse ela, apenas.

Inevitavelmente, todos na mesa começaram a rir de Katsuma. No fim das contas, ainda que a dra. Murakami percebesse que Katsuma tinha ficado tenso com o que acabara de acontecer, não deixava de ser um alívio estar junto de todo o grupo, dando risada de algo tão banal quanto um garoto metendo os pés pelas mãos por uma garota.

— Talvez daqui a vinte anos ele entenda o que aconteceu aqui — completou Ikkei, rindo e debochando de seu companheiro e rival.

Katsuma estava furioso. Ele sequer conseguia entender o que estava acontecendo, mas simplesmente não suportava mais ser motivo de chacota.

— Calma, Katsuma, fique tranquilo. Iyo ficou chateada, mas tudo pode se resolver, e... — Akio tentou acalmar o amigo.

— Não me peça para ficar calmo! — Katsuma se levantou da cadeira bufando de raiva e foi em direção ao quarto da garota. Ele precisava tirar aquela história a limpo e não suportava ver Iyo chorando daquele jeito. O que ele tinha feito, afinal?

No entanto, quando ele subiu o primeiro degrau da escada, a raiva se transformou novamente em nervosismo. E a cada passo que dava em direção ao quarto de Iyo, o corpo de Katsuma parecia que ia travar de vez.

Mas ele não se deixou abater, e, poucos segundos depois, lá estava ele, em frente à porta do quarto da garota. Katsuma não sabia o que fazer nem o que falar. Ele sentia que tinha feito ou dito algo errado, mas não tinha tanta certeza do que poderia ter sido. Então, tomando coragem, ele engoliu em seco e estendeu a mão para bater na porta. Mas hesitou.

Devagar, abaixou o braço e decidiu dar um tempo a Iyo. Se é que havia algo a ser conversado, isso poderia esperar até a manhã do dia seguinte.

Então, Katsuma caminhou cabisbaixo para o seu quarto. Do lado de dentro, no entanto, Iyo estava com os ouvidos colados na madeira da porta do quarto. Ela sabia que o garoto estava ali. Sabia que ele viria tentar falar com ela. E aquela era a oportunidade pela qual esperava para finalmente resolver tudo, para deixar seus sentimentos às claras. No entanto, não foi assim que aconteceu. Katsuma se retirou e o clima entranho entre eles permaneceu.

Naquela noite, os dois foram os primeiros a dormir, enquanto os outros conectados conversavam sobre diversos assuntos na sala de jantar, procurando desviar a mente da importante missão que tinham pela frente.

Depois do jantar, no entanto, Akio e a dra. Murakami se afastaram do grupo e foram respirar um ar fresco no jardim da mansão.

— Está uma linda noite, não é Akio? — perguntou Murakami.

Eles caminhavam sob o céu estrelado, as flores do jardim da mansão exalavam um perfume inebriante e pequenos insetos voavam em meio às brumas da noite, rentes ao chão. Em um dos cantos do jardim, do lado esquerdo da entrada do Hexagonal, havia uma pequena fonte de água, onde eram mantidas algumas carpas ornamentais. O brilho da lua refletia na superfície da água, sob a qual pareciam cintilar as cores exuberantes dos peixes, agitados apesar da aparente calma do jardim.

— Verdade, Hino — respondeu Akio. — De tão brilhante, a lua parece até maior hoje.

Foi então que, olhando na direção oposta da fonte, os dois perceberam a presença de um homem alto. Ele estava de pé, parado entre as sombras criadas pelo luar, próximo ao campo de força que protegia a mansão.

— Quem é você? — perguntou Murakami, enquanto saíam de perto da fonte das carpas e seguiam em direção ao homem.

A cada passo que davam, a aparência do homem ia se revelando. As armaduras impressionantes, a espada imponente... Não havia dúvidas, era um hakai!

O capitão Yamamoto finalmente estava ali. Seu olhar sério e penetrante deixava uma enorme tensão no ar. Olhando fixamente para os dois conectados, ele desembainhou a espada. E, com apenas um golpe voraz, destruiu a proteção da mansão.

Os olhos de Akio se arregalaram, enquanto a doutora fazia a conexão o mais rápido que conseguia. Não fosse a enorme experiência de Hino, os dois estariam mortos.

— Corra, Akio, corra!

Com a espada, utilizando apenas uma das mãos, Yamamoto desferiu um golpe contra Murakami. A doutora rapidamente defendeu o ataque com sua lança, caindo de joelhos.

— Ele é forte demais... — ela murmurou.

Akio ainda estava parado, tentando processar o que estava acontecendo.

— Akio, me ajude, ele é muito forte! — gritou a dra. Murakami, acordando Akio de seu torpor. — Muito mais que qualquer um que eu já vi! Chame os outros, Akio! Imediatamente!

— Certo! — disse Akio, finalmente se dando conta da gravidade da situação.

Ele correu para a porta da mansão, mas, antes que pudesse chegar lá, o poderoso capitão hakai apareceu à sua frente, dando um soco em seu estômago.

— Então, foram vocês! Foram vocês! — gritava o Yamamoto, enquanto esmurrava o garoto, que não teve tempo nem de reagir, muito menos de fazer a conexão.

— Pare! — berrou a doutora, que havia ficado no chão, depois do forte golpe que levara. Ela tomou posição novamente e jogou uma lança em seu inimigo.

Yamamoto segurou a lança com a mão esquerda, e somente a ponta da arma o atingiu, deixando um pequeno corte em seu rosto. Fechando as mãos, ele esmagou a lança de luz de Murakami com facilidade.

— Como seres fracos como vocês foram capazes de matar meu amado amigo?

— Quem é você? — perguntou Murakami, por fim.

O capitão pareceu pensar por um instante. Valia a pena se explicar para seres tão inferiores? Aqueles eram os responsáveis pela morte do tenente Ogawa, seu aprendiz e melhor amigo. Desde que ele havia morrido, seu único objetivo era se vingar dos assassinos. E aqueles indivíduos desprezíveis deveriam saber exatamente por que estavam prestes a morrer.

— Sou o capitão Yamamoto, do exército hakai. E, por matarem meu melhor amigo, essa será sua última noite de vida.

Foi então que Akio se lembrou do que havia acontecido. O homem que Katsuma matou falou algo sobre seu capitão, e insistiu que eles deveriam contar toda a verdade a Yamamoto.

— O equilíbrio foi estabelecido — disse Akio, sem forças após a sequência de golpes aos quais fora submetido. Sua voz saiu fraca, quase impossível de ouvir.

— O que foi que você disse, garoto? — Yamamoto se aproximou de Akio e o levantou pela gola. — Quem você pensa que é para dizer uma bobagem dessas?

O hakai o arremessou o mais longe possível. Sem reação, Akio bateu de costas na porta da mansão e caiu, desacordado.

O barulho do impacto chamou atenção dos outros três conectados que ainda estavam conversando na sala. Dando um salto do sofá onde estava sentado, Ikkei correu na direção do jardim. O rapaz abriu a porta e viu Akio ferido e desmaiado no chão. Olhou para a frente e percebeu o poderoso hakai, prestes desferir mais um golpe contra a dra. Murakami.

Imediatamente, Ikkei, Anúbis e Mieko ativaram suas conexões e partiram para cima do hakai. Antes que pudessem fazer algo, porém, os três foram golpeados por Yamamoto.

— Capitão? — perguntou a dra. Murakami, incrédula.
— Você disse que é um capitão? Como isso é possível?
— Ela não conseguia entender tamanho poder.
— Esses detalhes não importam agora — respondeu ele, com desdém. — Aliás, em breve, nada mais importará para vocês.

Yamamoto não estava ali para glorificar a si mesmo. Não precisava dizer que já havia sido o maior general de todos. Sua missão era simples: eliminar a ameaça ao império hakai e vingar a morte de seu grande amigo.

Ele segurou a espada com as duas mãos e partiu em direção à doutora. Seus olhos faiscavam em fúria, e

Murakami parecia não ter a menor chance de defender um golpe tão poderoso.

Eis que, antes que Yamamoto alcançasse Hino, uma flecha atingiu sua forte armadura. Ao olhar para trás, viu que ali estava mais alguém disposto a enfrentá-lo. Iyo estava ao lado da porta da mansão, enquanto os demais iam se levantando no jardim.

— Não vamos permitir que nosso planeta seja destruído! — berrou Iyo.

Nesse momento, ela fez a conexão perfeita. O intenso brilho da luz vermelha dominou a noite. Seguindo a amiga, Ikkei e Mieko fizeram o mesmo. Finalmente, eles estavam preparados.

Quando o capitão pensou em iniciar o ataque, percebeu que seu corpo estava imóvel. Era Anúbis em ação. Yamamoto havia sido imobilizado pelo poder psíquico do rapaz.

Simultaneamente, Mieko, Ikkei e Iyo atacaram pela frente, Murakami o golpeava pelas costas. Apenas Akio permanecia desacordado, aos pés da porta da mansão.

Ao que parecia, no entanto, eles estavam próximos de vencer. Aquele seria o ataque perfeito!

O capitão parecia impressionado com o poder individual dos conectados, sim, mas mais ainda com sua capacidade de organização em grupo. Não esperava que aquele bando de humanos seria capaz de promover um ataque tão bem elaborado.

*Não posso cometer o mesmo erro dos outros e subestimá-los*, pensou o capitão, enquanto os ataques fluíam em sua direção. *Chega de brincadeira.*

Com um grito feroz e uma demonstração de poder imensurável, ele fincou a espada no chão, causando uma enorme explosão. Em alguns instantes, todos estavam no chão. O nariz de Anúbis sangrava muito, e ele não conseguia mais controlar sua mente para manter o capitão imóvel.

— Tolos! — gritou Yamamoto. — Pensaram que poderiam me derrotar com essas coisinhas brilhantes? Realmente acreditaram que seriam páreo para mim? — disse o capitão, ainda procurando esconder a surpresa por ter encontrado pessoas tão fortes no Planeta Azul.

A cena era de derrota: todos estavam caídos pelo jardim, com dores no corpo e ferimentos de todo tipo e gravidade. Somente a dra. Murakami ainda permanecia de pé. Ela sabia que era uma luta perdida, mas não podia desistir. Jamais. Não podia permitir que os hakai destruíssem seu planeta. Pelo menos não sem resistir até o último segundo.

De seu quarto, Katsuma acordou com o som da explosão. O garoto saiu depressa pela porta, cruzando o corredor. As portas dos outros quartos estavam todas abertas, e não havia sinal de seus companheiros.

Foi então que ele ouviu uma movimentação no jardim. Escutou uma voz potente, que ele a princípio não reconheceu, mas logo sentiu que havia ali algo familiar, algo que Katsuma não conseguia identificar.

O garoto, então, disparou em direção ao jardim, e quando chegou ali, o cenário era desolador: todos os seus amigos estavam no chão, feridos. Mais ao fundo, Murakami estava de pé, pronta para atacar, apesar de também visivelmente ferida. Entre eles, um membro do exército hakai.

— O que está acontecendo aqui?! — gritou Katsuma, ativando a conexão em seguida.

O capitão Yamamoto virou-se para trás e, ao ver o rosto de Katsuma, todo o seu corpo estremeceu.

A cada passo de Katsuma em sua direção, lembranças invadiam a sua mente. Então, ele soltou a espada no chão, completamente sem reação.

Aproveitando a hesitação de seu oponente, Katsuma fez a conexão perfeita. Não podia vacilar contra alguém tão forte. A lua branca que antes iluminava tudo já não podia mais ser vista. O céu havia sido tomado por nuvens e trovões poderosos que, de alguma forma, se conectavam a Katsuma, criando uma muralha do mais puro poder.

De repente, Yamamoto caiu de joelhos, atônito. O capitão olhava para Katsuma sem acreditar, e as lágrimas cobriam seu rosto. Aos poucos, a alegria parecia substituir a raiva e o desejo de vingança.

— É você? É você? É VOCÊ??? — ele repetia a pergunta, cada vez mais alto.

Katsuma não compreendia as palavras do hakai, ainda que houvesse algo no fundo de sua mente que soava como um alarme, uma leve campainha de alerta.

— Não sei quem pensa que eu sou — disse ele —, mas uma coisa é certa: nunca deixarei que você destrua meu planeta!

Então, Katsuma o atacou, e o capitão nem sequer se defendeu. Ele caiu de costas, com a face voltada para cima. Entre lágrimas, o poderoso hakai agora gargalhava, em uma incontrolável explosão de emoções. Katsuma interrompeu a investida e se aproximou devagar. Pegando o capitão pela gola da armadura, ele puxou o rosto de Yamamoto em direção ao seu.

— Você vai se arrepender pelo que fez aos meus amigos!

Antes que Katsuma pudesse desferir seu próximo golpe, Yamamoto o abraçou com tanta força que parecia uma espécie de ataque.

— Quanto tempo eu esperei por esse dia — disse Yamamoto. — Minhas memórias têm me enganado, minhas lembranças quase se esvaíram. Mas sempre soube que nosso laço nunca seria quebrado. Revê-lo é uma honra sem tamanho.

O capitão soltou Katsuma e se curvou diante dele. Os demais conectados – dra. Murakami, Mieko, Ikkei, Iyo, Anúbis e Akio, que acabaram por recobrar a consciência – olhavam a cena em um misto de terror e assombro. Katsuma mantinha os olhos fixos no hakai.

— É um prazer revê-lo, meu velho amigo... — Yamamoto estendeu a espada para Katsuma, que não entendia absolutamente nada do que estava acontecendo. — Entrego minha espada ao senhor, como símbolo de minha inquestionável lealdade. Devo ao senhor minha espada, minha força, meu folêgo e minha vida. Vida eterna ao verdadeiro herdeiro do trono hakai. É uma honra estar novamente em sua presença, príncipe Straik Absalon.

Todos permaneciam em absoluto silêncio. Os olhos arregalados de Katsuma revelavam apenas um imenso vazio.

Enquanto o vento soprava, levando as folhas soltas do jardim e carregando consigo o perfume das flores, o maior mistério do Universo acabava de ser revelado.

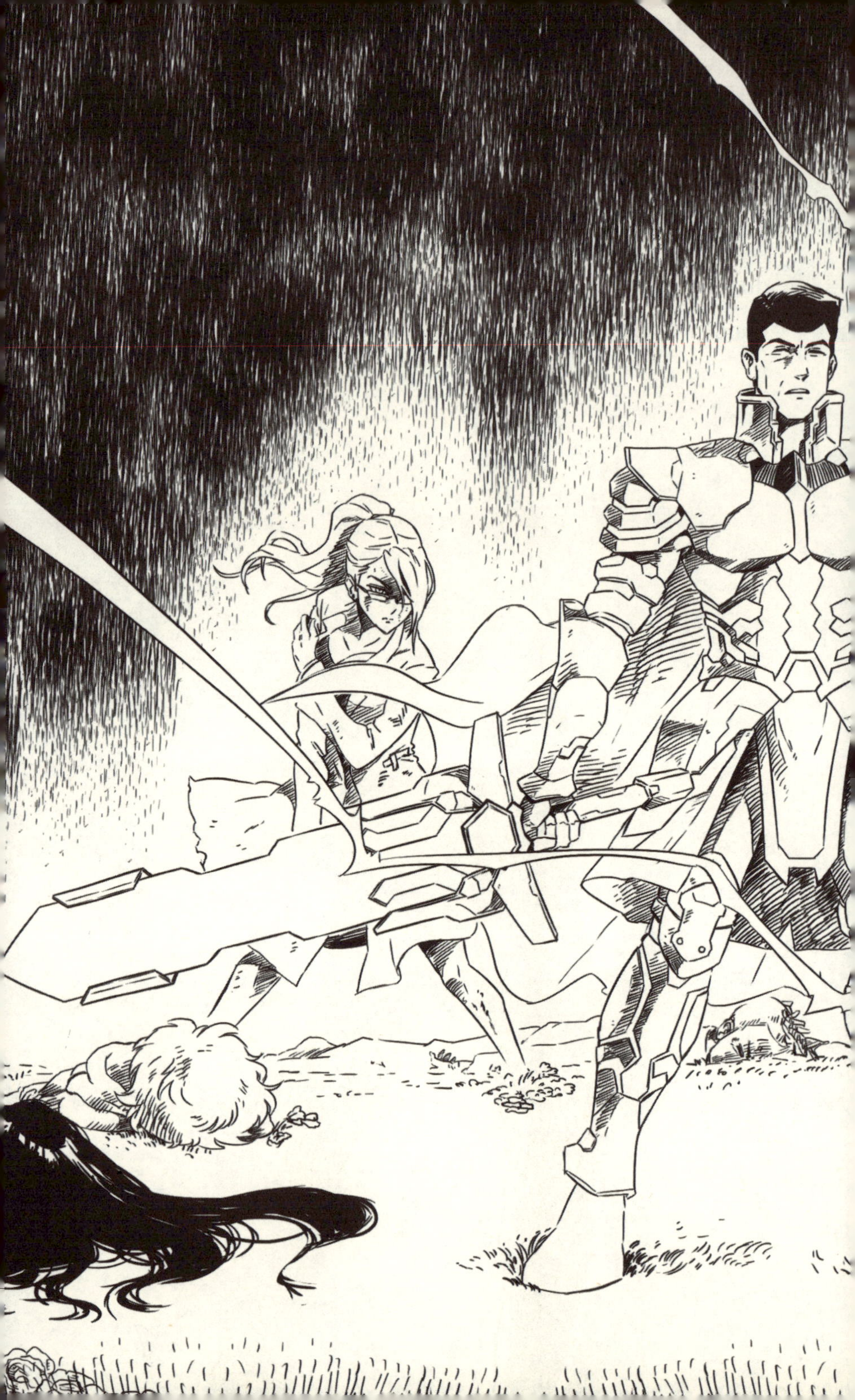

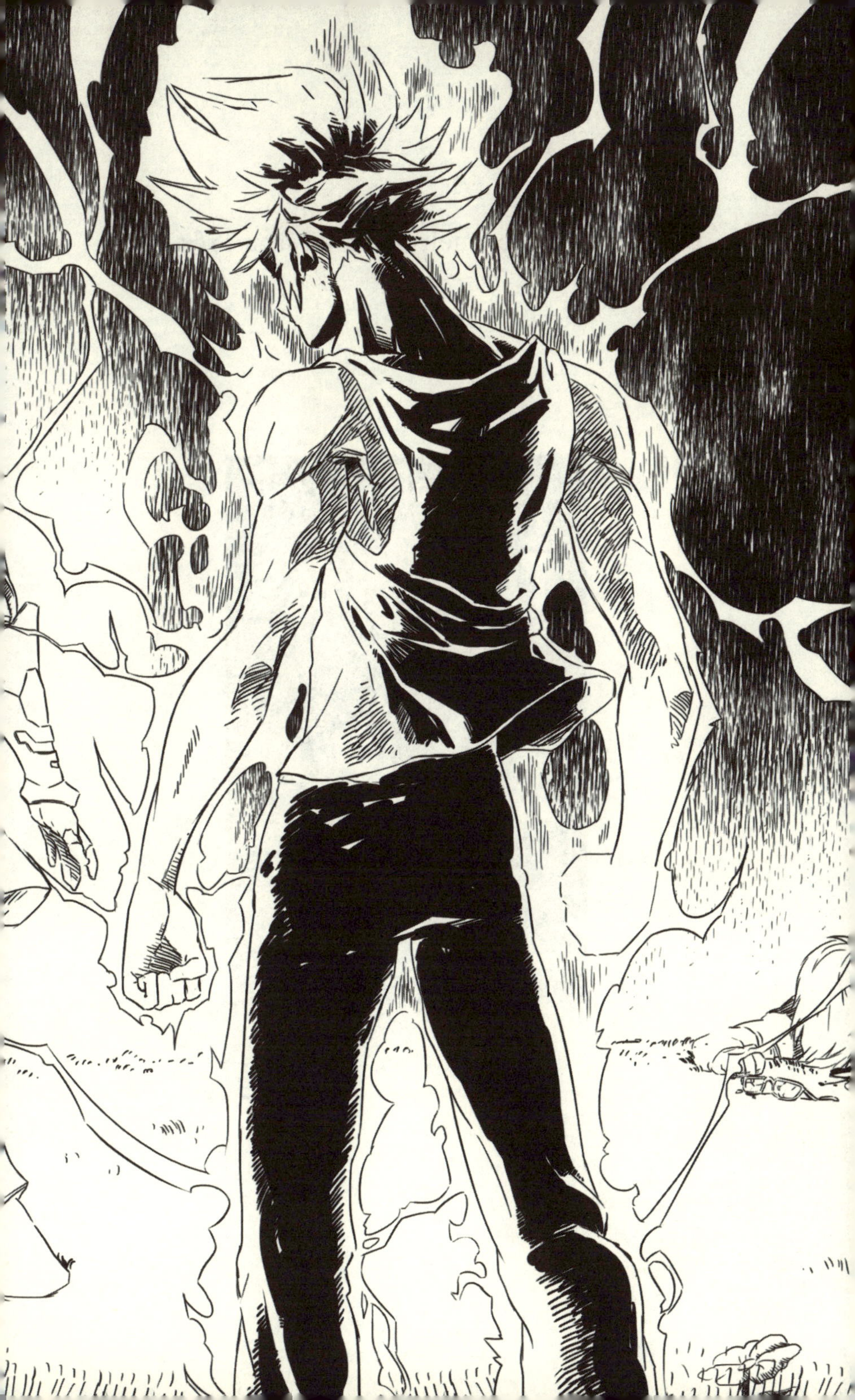

Leia também o primeiro livro da saga Três Luas:

O UNIVERSO ESTÁ EM PERIGO...

Uma poderosa civilização monitora a relação entre o bem e o mal do universo, destruindo planetas sempre que o equilíbrio parece ameaçado. Para tal, guardam uma incrível relíquia, A Grande Balança, que se inclina sempre que um planeta precisa ser exterminado. A Terra, o Planeta Azul, é o próximo.

Mas, muito tempo atrás, na Itália renascentista, Galileu e seus discípulos tinham desenvolvido o que poderia ser a última esperança da raça humana: sete armas de extremo poder, confiadas a gerações e gerações de guerreiros habilidosos e comprometidos com a salvação do mundo.

Essa história atravessará os séculos até chegar a Tóquio, no ano de 2064. Katsuma, de apenas dezesseis anos, receberá uma das armas de Galileu e terá de lidar não apenas com os sentimentos e as descobertas de um adolescente comum, mas também com o peso da maior responsabilidade que um adulto poderia suportar: ser o herói de que a humanidade precisa para continuar existindo.

Este livro foi composto nas fontes Eurostile e Mercury e impresso pela Gráfica Santa Marta para a Editora Planeta do Brasil em novembro de 2018.